국어시간에
생활글읽기 1

KB033757

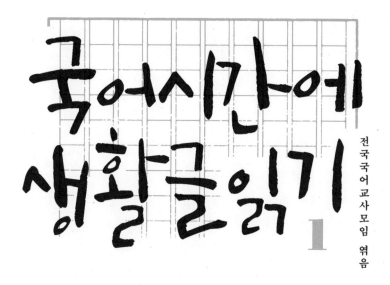

국어시간에 생활글읽기

전국국어교사모임 엮음

1

Humanist

국어 시간에 가장 많이 읽는 책

전국국어교사모임은 신나고 재미있는 국어 수업을 만들기 위해 20년이 넘게 애써 왔습니다. 특히, 중·고등학생들이 읽을 만한 책이 없는 상황에서 학생들이 즐겨 읽을 수 있는 책들을 펴내 청소년 문학에 새바람을 불러일으켰습니다. 학생들의 눈높이를 가장 잘 알고 있는 현장의 국어 선생님들이 엮은 '국어시간에 읽기' 시리즈는 학생들의 관심과 흥미를 살폈을 뿐 아니라, 학생들의 삶이나 현실과 맞닿아 있어 공감을 끌어낼 수 있었습니다.

우리 모임에서 청소년 문학으로 낸 첫 번째 책은 김은형 선생님이 수업에 활용했던 소설을 모아 엮은 《국어시간에 소설읽기 1》입니다. 이 책은 나오자마자 청소년 문학 베스트셀러가 되었습니다. 학생들의 눈높이에 맞는 책인지라 수업 시간에 가장 많이 읽는 책이 되었으며, 여러 권위 있는 단체에서 '중학생이 읽기 좋은 책', '중학생에게 읽기를 권장하는 책'으로 뽑았습니다. 우리는 이어서 《국어시간에 시읽기》,《국어시간에 생활글읽기》 등을 차례로 펴냈고, 그 책들은 모두 현장 국어 교사들이 수업에 적극 활용하는 책이면서 학생들이 즐겨 읽는 책으로 자리 잡았습니다. 이후 아이들에게 더 많은 읽을거리를 제공하고 싶다는 바람으로 《국어시간에 세계단편소설읽기》, 《국어시간에 세계시읽기》, 《국어시간에 세계희곡읽기》 같은 세계 문학 선집도 엮게 되었습니다. 이 모든 읽을거리가 청소년들의 삶을 더욱 풍성하게 하고, 청소년들의 생각을 더 크고 넓게 해 줄 거라 믿습니다.

'국어시간에 읽기' 시리즈는 학생들에게 읽기의 즐거움을 맛보게 해 준 책입니다. 또한 청소년 문학 시장에 다양한 분야의 책이 나올 수 있도록 마중물 역할을 하였습니다.

'국어시간에 읽기' 시리즈를 통해 학생들이 세상을 이해하고 세상 속으로 한 걸음 나아가기를 기대합니다. 또한 우리 주변의 진솔한 삶의 이야기, 그 속에 숨어 있는 보석 같은 깨달음이 여러분과 함께 하기를 바랍니다.

이 책들이 모든 사람에게 오래도록 사랑받기를 바랍니다.

전국국어교사모임

귀를 열고 마음을 열어

우리는 살아가면서 많은 사람을 만나고 많은 일을 겪습니다. 그런 경험들은 소중한 거름이 되어 우리의 마음을 쑥쑥 자라게 합니다. 직접 겪은 일뿐만 아니라 책 속에 담긴 다른 사람의 경험을 읽는 것도 우리의 성장을 돕습니다.

이 책에 실린 글은 모두 글쓴이의 경험과 생각을 개성 있게 표현한 것입니다. 읽고 공감하는 부분도 있겠지만, 여러분의 경험과 달라서 낯설게 여겨지는 부분도 있을 것입니다. 그러나 누구나 겪을 수 있는 일, 우리가 살아가는 세상의 한 귀퉁이에서 일어나는 일을 담았으므로 귀를 열고 마음을 열어 읽어 두면 좋을 것입니다.

오랜 기간에 걸쳐 많은 글을 찾아 학생들과 함께 읽다 보니 참신한 글, 가슴 찡한 글, 자신을 돌아보게 하는 글, 기발하고 재미있는 글 등 우리만 보고 묻어 두기엔 아까운 글들이 많았습니다. 그래서 좋은 글들을 추려 이 책을 엮었습니다.

이 책은 크게 세 부분으로 나뉩니다. 1부에는 나와 가장 가깝고, 또 나에게 힘이 되면서도 때때로 나를 약 올려 얄밉게 구는 가족들의 이야기를 실었습니다. 2부에는 우리 이웃들의 다채로운 일상의 향기를 담은 이야기를 실었습니다. 3부에는 우리 사회와 다른 사람들의 사회를 좀 더 넓고 따뜻한 시각에서 바라보는 이야기를 실었습니다.

글이 한 편씩 끝날 때마다 '생각할 거리'와 '친구들의 느낌은?'을 덧붙였습니다. '생각할 거리'에는 글을 읽고 생각해 볼 질문들이, '친구들의 느낌은?'에는 이 책에 실린 글을 읽어 본 친구들의 감상이 들어 있습니다. 어렵지 않은 질문이니 그냥 넘어가지 말고 한번쯤 생각해 보면서, 다른 친구들의 느낌과 여러분의 느낌을 비교해 보기 바랍니다.

이 책을 읽은 뒤에 여러분이 자기 자신과 가족을 다시 한 번 돌아보면 좋겠습니다. 그리고 여러분이 살고 있는 사회와 세계에 따뜻한 관심을 가진다면 더욱 좋겠습니다. 아울러 더 좋은 글을 찾아 읽고 진솔한 삶의 멋을 아는 향기로운 사람이 되었으면 합니다. 물론 여러분의 일상과 경험을 써 보는 것도 보람 있는 일이겠지요?

끝으로 좋은 작품을 실어 청소년들에게 알릴 수 있게 허락해 주신 글쓴이들께 고마운 마음을 전합니다.

대구국어교사모임

차례

엄마가
내 머리 한 대씩
때릴 때마다

1

옆집은 공부벌레, 엄마는 잔소리벌레

정승민

"너, 또 컴퓨터 하니? 넌 어떻게 된 게 방학만 되니까 만날 놀고 있니? 니 친구들은 이번 방학을 열심히 공부하는 시기로 잡아 문제집도 사서 풀고 한다는데……. 너, 옆집에 수현이 언니 있지? 그 언니는 이번 방학 때 문제집을 여덟 권이나 풀었단다. 좀 전에도 엘리베이터 앞에서 봤는데, 또 문제집 사러 간다고 하더라. 그런데 어찌 된 건지 너는 방학을 노는 시기로 잡아 만날 천날 빈둥빈둥거리냐. 방학 동안 집에 있으면서 니가 자발적으로 책상에 앉아서 공부하는 것을 못 봤다. 그저 사정사정해서 공부 좀 하라고 하면 듣기 싫다는 표정으로 책상에 앉아 있고……. 그렇게라도 공부하면 엄마가 목이 터져라 만날 앉아 있으라고 하겠냐! 공부하나 싶어서 들여다보면 또 컴퓨터로 이메일이나 주고받고 있고. 들어간 지 30분이 지났는데도 인제 꼴랑 두 문제 풀어 놓고……. 또 니가 웬일로 앉아서 공부하는 거 보고 엄마가 기특해서 칭찬 한 번 하면 10분을 못 넘기고 다시 나오고……. 너 도대체 왜 그러냐!"

"아, 또 잔소리예요? 공부해요, 엄마가 몰라서 그렇지 엄마 집에 안 계실 때 열심히 해요. 글구 내 친구들은 이번에 문제집은 커녕 방학 숙제도 하나도 안 해 놨던데……. 나는 그래도 방학 숙제라도 몇 개 했잖아요. 또 누가 문제집을 여덟 권이나 풀어요? 1년에 여덟 권 풀었다면 몰라, 수현이 언니가 무슨 천재예요? 그렇게 열심히 하는 언니가 어떻게 시험 칠 때마다 반 30등을 해서 아줌마한테 혼나요? 말이 돼요? 왜 뺑을 쳐요, 내가 그거도 모르는 바보 천치인 줄 아세요? 그 정도는 내가 엄마보다 먼저 알고 있었어요. 내가 얼마나 똑똑한데……."

"그렇게 똑똑한 애가 왜 공부는 스스로 못하냐? 똑똑하다면서 오늘은 뭘 해야겠다 하는 것도 모르냐?"

'쿵!'

엄마의 주먹이 내 머리를 강타했다.

"아야, 왜 때려요. 엄마가 이렇게 내 머리 한 대씩 때릴 때마다 3980마리의 뇌세포가 죽는 거 몰라요! 만날 때려……."

"야, 엄마가 언제 너 공부하는데 공부한다고 때리는 거 봤냐? 너 시험 성적 잘 받고 상 받으면 엄마가 칭찬해 주고 니가 사 달라는 거 사 주는데……. 너 저번에 학원에서 엘리트반 들어가고 학교에서 독서경시대회 상 받았을 때 니가 갖고 싶다는 거 사 줬잖아. 너는 하려고 마음만 먹으면 할 수 있는데……."

"왜 안 하냐구요? 알았어요. 이제 그 말 땜시 노이로제 걸리겠어요. 엄마는 지겹지도 않아요?"

"낸들 만날 이런 말 하고 싶어서 하냐? 엄마도 니가 만날 입으로만 '할게요'라고 하는 소리 때문에 노이로제 걸리겠다. 이제 중학생이고 하니 제발 좀 열심히 공부해라. 응? 엄마가 너한테 못 해 준 게 뭐냐? 엄마 입고 싶은 거 못 입고, 먹고 싶은 거 안 먹은 돈으로 너 학원비 대 줘, 책값 대 줘……. 근데도 뭐가 문제라서 안 하는 거냐! 엄마 같으면 고마워서라도 더 잘하겠다. 너는 그냥 엄마가 당연히 해 줘야 하는 일이라고 생각하지? 엄마는 옛날에 할머니가 학원 보내 준다고 해도 가정 형편이 어려울까 봐 안 갔는데 너는 엄마가 알아서 해 주니까 우리 집에 돈이 남아도는 줄 아냐!"

"OK! 거기까지……. 더 이상은 이하 생략……. 그럼 난 이만 자러 물러가겠사옵니다. 새 나라의 어린이는 일찍 자고 일찍 일어나거든요. 엄마, 안뇽~."

오늘도 어김없이 엄마 잔소리의 총알이 나의 가슴을 뚫고 지나갔다. 이제는 엄마가 언제쯤 이야기할지도 거의 눈치를 채서 그때쯤이면 슬그머니 내 방으로 들어간다. 가끔씩 엄마를 보면 공부에 미친(?) 사람으로 보인다. 그런데 친구들하고 얘기를 하다 보면 이 세상의 모든 엄마들이 공부에 미친 사람이라고 생각된다.

작년까지만 해도 짧아서 싫었던 방학이 이번에는 길어서 싫다. 날마다 나만 보면 하는 소리가 공부하라는 소리다. 중1인 나도 이런데 고3들은 어떨지 상상도 안 간다. 원래는 엄마가 이 정

도는 아니셨는데······. 내 생각에는 내가 6학년 때 반 1등 하고
난 후부터 저러시는 것 같다. 2학기 때 엄마가 '니가 전교 1등 하
는 걸 한 번 보는 게 소원'이라고 하셔서 공부 잘한다는 애들 다
물리치고 전교 1등 한 번 하니까 그때부터 매일 공부하라고 하
신다. 그런데 중학교는 초등학교와는 다르다. 엄마 말씀은 다 내
가 잘되라고 하시는 것이란 걸 알지만, 나 잘되기 전에 죽을 지
경이다. 솔직히 중학교 와서 거의 공부에만 묻혀 살았다. 시험
기간 때도 학원 갔다가 12시에 집에 들어와 쉬는 것도 30분, 말
이 30분이지 씻고 밥 먹는다고 엎드리려고 하면 다 끝난다. 그러
고는 엄마를 감독관으로 하여 눈에 성냥을 끼워 놓고 공부를 해
야 했다. 그렇게 해서 나온 성적이 엄마 마음에 안 들면 한 시간
이 넘는 설교를 듣는다. 그때는 말대꾸도 못 하고 쥐 죽은 듯이
들어야만 한다. 그나마 이제 방학이라서 방학 숙제만 하고 놀려
고 하니 또 공부 타령이다. 엄마의 닦달 때문에 방학 때 문제집
을 세 권이나 풀었다. 보통 이 정도면 정상적으로 푼 거 아닌가?
그리고 왜 그리 남과 비교하는지 모르겠다. 옆집의 순이가 어떻
고, 앞집의 말자가 어떻고, 뒷집의 누가 어떻고······. 걔들도 나랑
비교하는 그 대상만 잘났지 딴 거는 내가 더 잘한다. 그런데 우
리 엄마는 그런 것도 모르고······. 우리 엄마는 나보고 10년만 고
생하라고 한다. 근데 나는 10년이 아니라 100년은 더 고생해야
될 것 같은 느낌이다. 어떤 때에는 잘못되면 조상 탓한다고 괜히
유전자 탓을 하거나 우리나라 교육제도에 화살을 돌리기도 하

고……. 그래도 나는 항상 밝은 미래를 위해 작심삼일이라도 열심히 하니 이제부터는 자그마한 목표라도 세워서 끝까지 최선을 다해야겠다. 왜냐하면 나는 이제 철들기 일보 직전인 중학생이니까.

관음중학교 교지 《관음》 제3호 (2002)

:: 생각할 거리

1 글쓴이와 엄마가 서로 노이로제에 걸리겠다고 한 까닭은 무엇인가요?

2 부모님이 하는 잔소리에는 어떤 것이 있는지 말해 보고, 왜 그런 잔소리를 하시는지 생각해 보세요.

친구들의 느낌은? ⋯⋯⋯⋯⋯⋯⋯⋯⋯⋯⋯⋯⋯⋯⋯⋯⋯⋯⋯⋯⋯⋯⋯

"오늘도 어김없이 엄마 잔소리의 총알이 나의 가슴을 뚫고 지나갔다." 엄마의 잔소리, 나의 변명. 정말 공감!!! _하진아

우리 엄마도 내 딴에는 열심히 하는데 계속 더 하라고 하신다. 잔소리를 시작하면 남과 비교를 하신다. 그 애들은 그 애들이고, 나는 난데……. 하지만 그 잔소리는 나 잘되라고 하는 소리로 받아들이고 순응을 한다. 훗, 철들었나? _조민식

누나의 이름으로

박이정

저녁상을 물리고 나면 나는 방바닥에 엎드려 숙제를 한다. 숙제
가 없는 날은 책가방을 꾸려 놓고 안방으로 스며들어 가 어머니
가 즐겨 보는 텔레비전 연속극을 본다. 연속극은 왜 그리도 재미
있는지. 운이 좋은 날은 연속극이 다 끝날 때까지 어머니의 눈에
띄지 않고 전편을 볼 수도 있다. 물론 안방으로 들어가 보지도
못하고 문간에서 퇴짜를 맞는 날도 있긴 하지만.

내 아래로 연년생인 남동생이 하나 있는데, 덩치와 주먹만 셌
지 공부는 끔찍이도 하기 싫어하는 녀석이다. 문제는 녀석이 그
센 주먹을 누나인 내게 들이밀면서 종종 저 하기 싫은 숙제를 떠
넘긴다는 거였다. 내 숙제도 하기 싫은 마당에 남의 숙제를 대신
하고 싶은 사람이 어디 있겠는가. 허구한 날 녀석의 반성문 쓰
기, 받아쓰기 틀린 것 열 번 쓰기, 그림 그리기 등을 대신해 주며
내 어린 날이 저물고 있었다.

그날은 숙제가 많아서 연속극 숨어 보기도 일찌감치 포기하고
앉은뱅이책상* 머리에 엎드려 열심히 숙제를 하는 중이었다. 동

생이 공책 하나를 들이밀며 퉁명스럽게 말했다.

"내 숙제도 해 줘."

나는 동생의 공책을 팔꿈치로 밀어 버렸다. 녀석이 제일 싫어하는 글짓기 숙제를 받아 왔다는 걸 나는 알고 있었다. 내가 그렇게 세게 나간 건 다 믿는 구석이 있어서였다. 언니가 방에 있었기 때문이다. 언니가 자리를 뜨지 않는 한, 동생 녀석이 날 윽박지르지 못할 테니까. 보복이 두렵기는 했지만 그건 나중 일이었다. 지금은 실뱀도 개구리도 없는 계절이니 그나마 안심이었다. 실뱀이나 개구리를 잡아다가 내가 방에 혼자 있을 때 집어넣으면 나는 꼼짝없이 녀석에게 백기를 들어야 했다. 일주일간의 숙제를 대신해 주기로 약속해야 녀석은 방 안을 뒤져서 풀어놓은 것들을 수거해 갔다.

동생은 공책을 다시 내 앞으로 들이밀었다.

"숙제 안 해 가면 한 달간 청소 당번이랬어. 그럼 나도 널 괴롭힐 거야."

동생이 나지막한 목소리로 협박을 했다. 나는 재빨리 언니에게 도움을 요청했다.

"언니, 얘가 나한테 숙제해 달래!"

그때까지 교복도 갈아입지 않고 거울 앞에 앉아서 여드름을 짜던 언니가 동생을 향해 매섭게 쏘아붙였다.

• 앉은뱅이책상 | 의자 없이 바닥에 앉아서 쓸 수 있게 만든 낮은 책상.

"니 숙제는 니가 해! 너 한 번만 더 누나한테 숙제 시키면 가만 안 둘 줄 알어. 알았어?"

때마침 마루를 지나던 오빠도 언니의 목소리를 듣고 합세했다.

"뭐? 누나한테 숙제를 시켜? 이게 어디서 까불어! 당장 숙제 니가 해. 형이 지켜볼 거야."

우리 형제 중 최고 맏이인 형의 말은 동생을 얼어붙게 만들었다. 부모님에겐 응석받이* 막내지만 형에게는 응석이 통하지 않는다는 것을 녀석도 잘 알고 있었다. 동생이 공책을 들고 방을 나가는 것을 지켜보며 나는 은근히 걱정이 되었다. '과연 녀석이 글짓기 숙제를 해낼 수 있을까? 내가 너무 심했나?' 하는 생각도 들었다. 그러나 이참에 녀석의 버릇을 바꿔 놓아야겠다고 마음을 고쳐먹었다.

몇 시간이 흐른 후, 잠자리에 들려던 나는 동생과 오빠가 함께 쓰는 방에 아직도 불이 켜져 있는 것을 보았다. 살금살금 다가가서 들여다보니 녀석이 끙끙대며 뭔가를 열심히 쓰고 있었다. 아직 글짓기를 다 못 끝낸 모양이었다. 신기한 일이었다. 학교에 가서 벌을 서면 섰지 글짓기는 죽어도 하기 싫다던 녀석이 스스로 글짓기를 하다니. 나는 동생이 쓴 글짓기 내용이 궁금해서 미칠 지경이었다.

잠시 후 녀석이 연필을 내려놓았다. 동생은 이부자리 속으로 기어 들어가면서 방문 밖에 서 있는 내게 주먹을 쥐어 보였다.

"내 숙제 훔쳐보면 죽어!"

나는 방으로 돌아와 오 분쯤 기다렸다. 오 분이면 녀석은 업어 가도 모를 정도로 깊은 잠에 빠질 시간이었다. 나는 살금살금 방문을 열고 들어가 녀석의 공책을 집어 들었다. '불조심'에 대해 썼는데, 제목이 '산에 라이터나 성냥을 가지고 가지 말자' 였다.

겨울이 되면 불이 잘 난다. 어린이들은 산에 갈 때 성냥이나 라이터를 가지고 가선 안 된다. 라이터나 성냥으로 불장난을 하다가 불이 난다. 그것을 산불이라고 한다. 산불이 나면 나무는 타서 숯이 되고, 사슴이나 토끼 같은 동물들은 불에 구워져서 고기가 된다. 그러므로 산에는 성냥이나 라이터를 가지고 가지 말아야 한다.

-끝-

이것이 다섯 시간이나 머리를 싸매고 쓴 글짓기 내용의 전부였다. 나와 언니는 배꼽을 잡고 뒹굴었다. 어머니, 아버지도 막내아들이 쓴 글짓기 내용을 보고 웃음을 터뜨렸다.

다음 날 아침상을 둘러본 아버지가 숟가락을 집으며 말했다.

"아침이라 그런지 고기반찬이 없네? 고기가 먹고 싶은데 어디 산불 안 나나? 산불 나면 상추랑 고추장 들고 산으로 가면 될 텐

• 응석받이 | 어른들이 귀여워해 줄 것을 믿고 버릇없이 굴며 자란 아이.

데⋯⋯. 참, 소주도 가지고 가야겠네."

그제야 사태 파악이 된 듯 동생은 나를 무섭게 노려보며 상 밑으로 주먹을 쥐어 보였다.

그날 나는 하루 종일 동생의 보복이 두려워 몸조심하며 지내야 했다. 녀석이 어디서 어떤 가혹한 보복을 준비하고 있는지 알수 없는 노릇이었다. 그런데 저녁이 되어 집으로 돌아온 동생은 글짓기 훔쳐본 것에 대해 아무 말도 하지 않았다. 고도의 심리작전이 아닐까 의심도 해 보았지만 단순 무식한 동생의 성격으로 보아 그건 아닌 듯싶었다. 어설픈 글짓기였을망정 스스로 쓴것임을 알고 선생님이 칭찬이라도 해 준 걸까? 도둑이 제 발 저려 하는 동안 하루 해가 저물었다.

내게 벌을 내린 것은 동생이 아니라 '밤 똥'이었다. 모두가 잠든 깊은 밤, 갑자기 배가 아파 잠에서 깨어났다. 뒷간에서 부르는 신호였다. 아침까지 어떻게든 참아 볼 요량으로 몸을 최대한 웅크리고 다시 잠을 청해 보았지만 소용이 없었다. 나는 배를 움켜쥐고 이부자리에서 일어났다. 휴지를 챙겨 들고 화장실로 가려니 갑자기 등에서 식은땀이 났다.

우리 집 화장실은 대문하고도 한참 떨어진 산자락 아래에 있었다. 칠흑같이 어두운 뒷산에서 숲을 빠져나오는 바람 소리가 '휘이이잉' 하고 들리면 나는 오금이 저려서 화장실까지 가지도 못하고 그 자리에 서서 징징거렸다. '빨강 종이 파랑 종이' 괴담은 왜 그럴 때 꼭 생각이 나는지. 〈전설의 고향〉에 나오는 머리

푼 처녀 귀신도 떠오르고, 화장실에 산다는 정낭*아씨도 내 상
상 속에서 춤을 추었다. 하는 수 없이 동생을 깨우기로 했다. 어
떤 대가라도 치를 각오를 하고 나는 잠든 동생의 등판을 흔들었
다. 동생은 어지간히 흔들어서는 깨어나지 않았다. 뺨을 때리고,
눈꺼풀을 뒤집고, 몸을 일으켜 세워도 시체처럼 나동그라져서
일어날 줄을 몰랐다. 창자가 꼬이는 듯 뒤틀려 더 이상 참을 수
없는 지경에 이르자 나는 동생의 귀에 대고 엄청난 약속을 하고
말았다.

"종욱아, 일어나 봐. 지금 나하고 변소에 가 주면 4학년 내내
방학 숙제까지 다 해 주고, 너 밤에 화장실 가고 싶을 때 언제든
지 같이 가 줄게. 종욱아, 제발."

그 순간, 꿈결에 들어도 엄청난 거래라고 여겼는지 녀석은 눈
을 번쩍 뜨고 자리에서 일어났다. 동생은 잠이 가득 든 눈을 간
신히 치켜뜨고 몽유병자처럼 맨발로 걸어서 대문을 나갔다. 나
는 엄청 비싼 보디가드를 화장실 문밖에 세워 놓고서야 볼일을
볼 수 있었다.

그 후로도 '밤 똥'은 가끔씩 찾아왔고, 남달리 무섬증이 심한
나는 그때마다 동생과 거래를 해야 했다. 덕분에 초등학교 시절
내내 나는 숙제에 시달렸다. 물론 동생의 화장실 보초도 섰다.
모두 거래에 대한 대가였다.

---

* 정낭 | '뒷간'과 같은 말. 대소변을 볼 수 있도록 만들어 놓은 곳.

그렇게 못되게 버릇을 들였음에도 불구하고 동생은 머리가 커지면서 가끔 철든 모습을 보여 주는 것으로 나를 놀라게 했다.

《편지》(책이있는마을, 2006)

:: 생각할 거리

1 글쓴이가 동생의 숙제를 몽땅 떠맡게 된 것은 무엇 때문인가요?

2 자신이 해야 할 일을 하지 않고 다른 사람에게 떠넘긴 일이나 다른 사람의 일을 억지로 떠맡은 일이 있다면 말해 보세요.

친구들의 느낌은? ···

이 글의 제목을 '동생의 이름으로'라고 바꾸면 딱 내 이야기가 될 것 같다. 이 글에서는 언니와 오빠가 막내를 혼내는데, 우리 엄마와 아빠는 오빠를 야단치시긴 하지만 결국은 나에게 오빠 숙제를 좀 해 주라고 하신다. 이 글은 글쓴이의 마음이 잘 드러나 나에게 와 닿았기 때문에 별 다섯 개를 주어도 아깝지 않다. _김명선

나도 동생이 있는 터라 공감이 갔다. 늘 숙제를 해 달라고 하는 동생이 얄밉기도 하지만 내가 해 줬다고 고마워하는 모습이 눈에 어른거려 또 해 주기 마련이다. _박정서

아버지의 셈법

전성태

농사를 지으며 6남매를 길러야 했던 아버지의 인생은 반 토막
인생이었다. 담배 한 개비도 두 번으로 나누어 피웠고, 막걸리도
늘 반 되를 받아다가 드셨다.

초등학교 1학년 어느 날, 아침 밥상머리에서 나는 학교에 가지
않겠다고 징징거렸다. 그날은 학교에서 두발 검사가 있는 날이
었다. 아버지는 평소 동네 공용 바리캉*을 빌려다가 우리 형제
들의 머리를 손수 깎아 주셨는데, 때가 모내기철이라 내 머리 깎
아줄 엄두를 못 내셨다.

"이 정신없는 시국에 무슨 애기들 머리통 검사시래냐? 오늘은
그냥 가고 돌아오는 공일날* 해 준다니께 그런다."

급기야 나는 집을 나섰다. 마을을 돌아다닌 끝에 나는 공용 바
리캉을 친구의 집에서 빌려 왔다. 바리캉을 들고 나타나자 아버
지는 마지못해 숟가락을 놓고 일어섰다. 기름을 둘렀는데도 바
리캉이 머리카락을 뜯다시피 해서 나는 눈물을 질금거렸다. 온
동네를 돌아다니는 기계다 보니 그럴 만도 했다. 내 머리를 똑바

26

로 세우는 아버지의 손길도 짜증으로 평소보다 매웠다. 오른편 귀밑머리부터 정수리까지 머리를 반이나 깎았을 때였다. 머리가 통째로 뽑히는 고통에 나는 비명을 지르고 일어섰다.

"안 되겠다. 일단 학교에 갔다 와라. 기계 고쳐서 이따 저녁에 마저 해 줄 거구마."

나는 아버지를 빤히 쳐다보았다. 어머니가 이발소로 보내라고 말했다. 아버지는 내 손에 동전 200원을 쥐어 주었다. 당시 어린이의 이발 비용은 500원이었다. 나는 어이없다는 듯 아버지를 다시 쳐다보았다.

"반만 깎아 주고 제값을 다 받으면 그 이발사는 도둑놈이제."

나는 울상이 되어 200원을 꼭 쥐고 먼 거리로 넘어갔다. 그러나 이발소 의자에 앉아 보지도 못하고 쫓겨났다. 이발사는 돈도 돈이었겠지만 집에서 손수 이발을 해 주는 촌사람들이 얄미웠을 것이다. 나는 운동복 상의를 덮어쓰고 교실에 앉았다. 선생님이 머리에 둘러쓴 옷을 강제로 벗겼다. 교실이 한바탕 웃음바다가 되었고, 나는 아이답지 않게 오랫동안 통곡했다.

저녁에 아버지는 귓등에 꽂은 꽁초를 뽑아 말없이 태우셨다. 어린 자식에게 큰 상처를 안겼다고 여기신 모양이었다. 아버지는 일 년에 쌀 한 말씩을 주기로 하고 단골 이발소를 잡았다. 우

• 바리캉 | 머리를 깎는 기구.
• 공일날 | 일을 하지 않고 쉬는 날.

리 형제들은 그곳에서 눈치 보지 않고 언제든 머리를 깎을 수 있었다.

《좋은 생각》 2006년 8월호 (좋은생각사람들, 2006)

1 글쓴이의 아버지는 왜 담배도 반으로 나누어 피우고 막걸리도 반 되만 받아다 먹는 '반 토막 인생'을 살았을까요?

2 여러분이 글쓴이의 아버지라면 학교에 가지 않겠다고 징징거리는 아들을 어떻게 달랬을지 말해 보세요.

친구들의 느낌은? ···

우는 아들의 뒷모습, 그걸 본 아버지의 마음. 어려웠던 시절, 아버지의 모습에서 가장으로서의 책임감이 느껴진다. _강민석

항상 꽁초 반 개, 반 되를 말씀하시는 아버지가 쌀 반 말이 아닌 한 말을 주시다니…….

_김지현

실수

김영석

오늘은 집을 가다가 어디서 많이 본 것 같은 사람을 보았다. 얼핏 보았지만 왠지 기억이 나서 머릿속의 기억을 더듬어 가며 집으로 향했다. 집에 거의 다 왔을 때 드디어 내 기억 속에서 한 사건이 떠올라 시간을 거슬러 올라가게 되었다.

시골에서 살던 나는 학교가 폐교되면서 다른 지역에서 학교를 다니게 되었다. 그래서 매일매일 학교가 끝나면 기다렸다가 아버지의 퇴근길에 차를 같이 타고 집에 갔다. 2학년인 나는 수업이 일찍 끝났기 때문에 기다리는 시간이 너무 길고 따분했다.

그러던 어느 날 친구를 따라서 오락실에 처음 가게 되었다. 처음 본 오락실은 마치 천국과도 같았다. 화려한 영상과 신나는 멜로디는 나를 취하게 만들었다. 그래서 나는 매일같이 오락실에 다녔다. 그날도 아침 일찍 준비를 하고 학교에 갔다. 그리고 내 주머니에는 5천 원이 들어 있었다. 준비물이 많이 필요해서 5천 원을 어머니께서 주셨다. 그 돈을 들고 잃어버릴까 봐 확인하고 확인하며 준비물을 샀는데, 2천 원이 남았다. 학교가 끝나고 어김없이 오락실에 갔다. 새 게임이 나와 있었다. 나는 금방 게임에 빠져들었고 곧 돈을 다 써 버렸다. 문득 주머니 속의 2천 원이 손에 잡혔다. 그 순간, 나는 쓰고 싶은 생각이 들었지만 내 머릿속에는 어머니의 말씀이 맴돌았다. "영석아, 준비물 사고 남은 돈 꼭 잘 가져와." 나는 몇 차례 갈등을 했지만 별로 오래가지 못했다. 결국은 돈을 쓰기로 했다. 돈을 바꾸어 오락을 하다 보니 돈에 날개가 붙었는지 순식간에 사라지고 텅 빈 주머니만 남았다.

그렇게 시간은 흘러 아버지께서 오실 시간. 차에 타는 발걸음이 무거웠다. 왠지 그날은 아버지의 기분이 좋지 않은 것 같았다. 아버지의 좋지 않은 기분과 나의 텅 빈 주머니는 나를 공포에 몰아넣었다. 이대로 시간이 멈추었으면 좋겠다는 생각이 들었다. 하지만 집은 점점 가까워지고 있었다. 집에 돌아와 저녁밥을 먹는데 매우 불안했다. 저녁을 드시던 어머니께서 말씀하셨다.

"영석아, 준비물 사고 얼마 남았니?"

"네, 2천 원이요."

"그럼, 가져와야지."

"예, 밥 먹고 갖다 드릴게요."

말은 그렇게 했지만 식은땀이 이마에서 흘렀다. 밥을 다 먹고 시간을 끌다가 어머니께 사실대로 말하기로 했다.

"엄마, 있잖아. 그 준비물 사고 남은 돈 내가 썼어."

"뭐라고?"

그 말을 들으신 아버지께서 말씀하셨다.

"어디에다 썼는데?"

"그냥 사 먹었는데요."

나는 차마 오락실에서 썼다는 말은 하지 못했다. 그냥 조금 혼나고 지나갈 것이라고 생각했다. 하지만 아버지께서는 "뭐 사 먹었는데?" 하고 물으셨다.

"있잖아, 있잖아. 그게……."

나는 말을 잇지 못했다.

아버지께서는 혹시 뺏긴 거 아니냐고 물으셨다.

나는 얼떨결에 그렇다고 대답했다.

"누가 그랬니?"

"중학생이요."

"누구?"

"몰라요."

"이름표가 있잖아. 이름표를 봤을 거 아냐."

목소리가 조금 올라간 아버지의 호통에 평소에 알고 지내던 형을 떠올렸고, 내 입에서는 그 형의 이름 석 자가 나오고 있었다.

"김○○요."

내가 왜 그 이름을 말했는지 모르겠다. 나에게 잘해 주던 형인데 못할 짓을 했으니 마음이 편하지 않았다. 그날 밤에 아버지께서는 그 형이 다니는 학교에 있는 아버지의 친구에게 전화를 하셨다. 그런데 일이 이상하게 되었다. 아버지의 친구와 김○○ 형의 아버지는 서로 잘 아는 사이였다. 그래서 그 형을 아버지께서

32

만나셨다. 아버지께서는 처음부터 역정을 내시며 형의 머리를 때리셨다. 형은 영문도 모른 채 맞아서 얼떨떨한 것 같았다. 아버지께서는 화가 수그러들었는지 형과 대화를 하셨다. 형은 끝까지 잘못을 하지 않았다고 했고, 그것 때문에 아버지께서는 다시금 화를 내셨다. 그러고는 그냥 오셨다. 그 일을 학교에서 다 알게 되어 교실 구석구석마다 다 퍼져 나갔고, 나는 아이들에게 심한 눈초리를 받았다. 며칠 지난 뒤에 나는 죄책감 때문에 사실대로 말하기로 하고 아버지께 사실대로 말씀드렸다. 크게 혼낼 줄 알았던 아버지께서는 부드럽게 타이르며 이렇게 말씀하셨다.

"사람은 누구나 실수를 하는 거야. 하지만 같은 실수를 반복하는 것은 잘못이야."

그 다음 날에 형을 만나서 사과를 했다. 형은 의외로 쉽게 용서해 주었다. 나중에 알게 된 사실인데, 아버지께서는 이미 알고 계셨다고 한다. 내가 스스로 말하기를 기다렸나 보다. 그 일은 그렇게 끝이 났다.

그런데 그 학교 형들이 나에게 물었다.

"네 잘못이냐, 아니면 김○○ 잘못이냐?"

나는 아무 말도 못 했다. 하지만 그 형들을 다시 만나면 내 잘못이라고 당당하게 말하고 사과할 것이다.

《잔뿌리》(부안국어교사모임, 2006)

1 글쓴이가 어떤 실수를 저질렀는지 차례대로 말해 보세요.

2 김○○ 형이 글쓴이를 용서해 주지 않았다면 어떤 일이 벌어졌을지 상상해 보세요.

친구들의 느낌은? ....

나도 게임방에 가서 돈 다 쓰고 어디다 썼냐고 하면 먹을 것을 샀다든가 준비물을 샀다든가 하는 거짓말을 해서 부모님께 죄송했고 초조했다. 이 글에서 아버지가 사실을 알았으면서도 혼내지 않았다는 것을 읽고 다시 그런 일이 생기면 나도 사실대로 말해야겠다는 다짐을 했다. _박찬호

만약 내가 그랬더라면 변명을 좀 더 확실하게 준비하고 증거물도 준비해서 끝까지 잡아뗐을 것이다. _엄유진

엄마의 눈물

장영희

유학을 마치고 돌아온 지 10여 년이 지났지만, 그때 가져온 짐보따리가 차일피일* 미루다 보니 그대로 다락방에 방치되어 있었다.

어제는 불가피하게 미국 대학에서 썼던 자료들을 꺼내야 할 일이 있어 10년 묵은 짐을 정리하는데, 다락 한구석에 '영희 짐'이라고 커다랗게 매직펜으로 씌어진 상자가 눈에 띄었다.

내가 유학 간 사이에 이 집으로 이사를 오면서 어머니가 내가 쓰던 물건들을 정리해 놓아둔 상자였다. 고등학교나 대학 때 친구들과 주고받았던 편지, 노트, 시험지 등등 태곳적* 물건들 가운데 아주 낡은 와이셔츠 갑 하나가 끼여 있었다.

열어 보니 신기하게도 초등학교 다니던 때의 물건들이 담겨 있었다. 어렴풋이 생각나는 것이, 내가 어렸을 때 '생명'보다 더

* 차일피일 | 이 날 저 날 하고 자꾸 정해진 날짜를 미루는 모양.
* 태곳적 | 아득한 옛적.

아낀다고 생각했던 보물 상자였다. 동생들과 싸워 가면서 모았던 예쁜 구슬병, 이런저런 상장들, 내가 좋아했던 만화가 엄희자, 박기준, 김종래 씨들의 만화를 흉내 내 그린 그림들, 그리고 맨 바닥에는 '3학년 7반 47번 장영희'라고 씌어진 일기장이 있었다.

호기심에 일기장을 대충 훑어보았다. 초등학교 3학년생이 썼다고 믿어지지 않을 만큼 꽤 세련된 필체로(오히려 지금 나는 악필로 소문나 있다.) "동생 태어난 날―앗, 또 딸이다!" "M&M 초콜릿 전쟁" "이 세상에서 제일 미운 애" 등 재미있는 제목들이 눈에 띄었다.

나는 짐 푸는 것을 잠깐 접어 두고 본격적으로 일기를 읽어 나가기 시작했다. 30여 년이라는 세월이 무색할 정도로 작고 어둡던 다락방이 갑자기 열 살짜리 소녀의 꿈과 희망으로 환해지는 것 같았다.

일기는 매번 "이제는 동생과 사이좋게 놀아야지" "다음번엔 벼락 공부를 하지 말아야지" 등 '해야지'라는 결의로 끝나고 있었다. '결의'는 곧 '실행'이라고 생각하는 순진무구함이 재미있어 계속 일기를 넘기는데, 문득 12월 15일자의 "엄마의 눈물"이라는 제목이 눈에 들어왔다.

오늘 아침에도 엄마가 연탄재 부수는 소리에 잠이 깼다. 살짝 문을 열고 보니 밤새 눈이 왔고, 엄마가 연탄재를 바께쓰에 담고 계셨다. 올해는 눈이 많이 와서 우리 집 연탄재가 남아나지 않겠다. 학교 갈 때 엄마가 학교까지 몇 번이나 왔다 갔다 하면서 깔아 놓은 연탄재 때문에 흰 눈 위에 갈색 선이 그어져 있었다. 그 위로 걸으니 별로 미끄럽지 않았다. 하지만 올 때는 내리막길인 데다 눈이 얼어붙는 바람에 너무 미끄러워 엄마가 나를 업고 와야 했다. 내가 너무 무거웠는지 집에 닿았을 때 엄마는 숨을 헐떡거리고 이마에는 땀이 송송 나 있었다. 추운 겨울에 땀 흘리는 사람!―바로 우리 엄마다. 그런데 나는 문득 엄마의 이마에 흐르는 그 땀이 눈물같이 보인다고 생각했다. 나를 업고 오면서 너무 힘들어서 우셨을까, 아니면 또 '나 죽으면 넌 어떡하니' 생각하시면서 우셨을까. 엄마, 20년만 기다려요. 소아마비는 누워 떡 먹기로 고치는 훌륭한 의사 되어 내가 엄마 업어 줄게요.

일기를 보면서 내 입에는 미소가, 눈에는 눈물이 돌았다. 꿈을 이루는 데 '누워 떡 먹기'라는 표현을 쓰는 열 살짜리 어린아이의 세상에 대한 믿음이 재미있어 웃음이 났고, 학교에 가기 위해 모녀가 매일매일 싸워야 했던 그 용맹스러운 투쟁이 새삼 생각나 눈물이 났다.

돌이켜 보면 학창 시절, 내게 '학교에 간다'는 말은 문자 그대로 '간다'의 문제였다. 우리 집은 항상 내가 다니는 학교 근처로 이사를 하여 학교에서 고작 이삼백 미터 정도의 거리였지만, 그것도 내게는 버거운 거리였다. 게다가 비나 눈이라도 오는 날은 학교에 가는 일이 그야말로 필사적인 투쟁이었다.

아침마다 우리 여섯 형제는 제각각 하루의 시작을 위해 대전쟁을 치렀는데, 어머니는 항상 내 차지였다. 다리 혈액 순환이 잘 되라고 두꺼운 솜을 넣어 직접 지으신 바지를 아랫목에 넣어 따뜻하게 데워 입히시는 일부터 시작하여 세수, 아침 식사, 그리고 보조기를 신기시는 일까지, 그야말로 완전 무장을 하고 나서 우리 모녀는 또 '학교 가기' 전투를 개시하는 것이었다.

초등학교 3학년 때까지 어머니는 나를 업어서 학교에 데려다 주셨지만, 그것으로 끝나는 게 아니었다. 화장실에 데려가기 위해 두 시간에 한 번씩 학교에 오셔야 했다.

그런데 내가 일종의 신경성 요뇨증˚ 같은 것이 있었던지, 어머니가 오시면 가고 싶지 않던 화장실도 어머니가 일단 가시기만 하면 갑자기 급해지는 것이었다. 때문에 어머니는 항상 노심초사, 틈만 나면 학교로 뛰어오시곤 했다.

어머니와 내가 함께 걸을 때면 아이들이 쫓아다니며 놀리거나 내 걸음을 흉내 내곤 하였다. 지금 생각하면 신기하게도 초등학교에 들어갈 즈음에는 이미, 철이 없어서였는지 아니면 그 반대였는지, 적어도 겉으로는 그것을 무시할 수 있었다. 오히려 일부러 보조기 구둣발 소리를 크게 내며 앞만 보고 걷곤 했다.

그러나 어머니는 쉽사리 익숙해지지 못하셨다. 아이들이 따라올 때마다 마치 뒤에서 누가 총이라도 겨누고 있는 듯, 잔뜩 긴장한 채 머리를 꼿꼿이 쳐들고 걸으시다가 어느 순간 획 돌아서서 날카롭게 "그만두지 못해! 얘가 너한테 밥을 달라던, 옷을 달라던!" 하고 말씀하시곤 했다.

언제나 조신하고 말 없는 어머니였지만, 기동력 없는 딸이 이 세상에 발붙일 수 있는 자리를 마련하기 위해서는 목숨 바쳐 싸워야 한다고 생각한 억척스러운 전사였다. 눈이 오면 눈 위에 연탄재를 깔고, 비가 오면 한 손으로는 딸을 받쳐 업고 다른 한 손으로는 우산을 든 채 딸의 길과 방패가 되는 어머니의 하루하루는 슬프고 힘겨운 싸움의 연속이었다.

그뿐인가, 걸핏하면 수술을 하고 두세 달씩 있어야 했던 병원 생활, 상급 학교에 갈 때마다 장애를 이유로 입학 시험 보는 것조차 허락하지 않던 학교들……. 나 잘할 수 있다고, 제발 한 자리 끼워 달라고 애원해도 자꾸 벼랑 끝으로 밀어내는 세상에 그래도 악착같이 매달릴 수 있었던 것은 어머니 때문이었다.

어머니는 내 앞에서 한 번도 눈물을 흘리신 적이 없었고, 그것은 이 세상의 슬픔은 눈물로 정복될 수 없다는 말없는 가르침이었지만, 가슴속으로 흐르던 '엄마의 눈물'은 열 살짜리 딸조차도 놓칠 수 없었다.

"신은 모든 곳에 있을 수 없기에 어머니를 만들었다." 어디선가 본 책의 제목이다. 오늘도 어디에선가 걷지 못하거나 보지 못하는 자식을 업고 눈물 같은 땀을 흘리며 끝없이 층계를 올라가는 어머니, "나 죽으면 어떡하지." 하며 깊이 한숨짓는 어머니,

---

● 요뇨증 | 어린아이가 자신도 모르게 오줌을 싸는 증상.

'정상'이 아닌 자식의 손을 잡고 다른 사람들의 눈총을 따갑게 느끼며 머리를 꼿꼿이 쳐들고 걷는 어머니, 이 용감하고 인내심 많고 씩씩하고 하느님 같은 어머니들의 외로운 투쟁에 사랑과 응원을 보내며 보잘것없는 이 글을 나의 어머니와 그들에게 바친다.

《내 생에 단 한 번》(샘터사, 2000)

1 글쓴이가 학교 가는 것이 '필사적인 투쟁'이었다고 말한 까닭은 무엇인가
요?

2 남을 놀렸거나 놀림을 당한 경험이 있다면, 그때의 심정이 어떠했는지 말
해 보세요.

친구들의 느낌은? ···

"신은 모든 곳에 있을 수 없기에 어머니를 만들었다." 이 문구가 머릿속에 확 들어온다.

_조정무

나는 항상 엄마의 희생보단 나의 기쁨을 먼저 생각하곤 했었다. 엄마는 얼마나 힘드셨을

까? 정말 죄송하고 감사하다. _손서홍

자랑스런 우리 할머니

정희정

우리 할머니께서는 올해로 64세이시다. 동생들을 돌보시느라, 밭일을 하시느라 지금까지 한글도 모르셨던 우리 할머니……. 그런 우리 할머니의 성함은 김, 일 자, 선 자이시다. 우리에겐 우스워 보이는 이 세 글자를 우리 할머니께서는 60년이 넘는 긴 시간 동안 모르고 살아오셨다. 그동안 얼마나 답답하셨을지……. 내 생각으로는 할머니의 그 마음까지 도저히 상상이 되지 않는다. 할머니께서도 나와 똑같은 생각을 하셨는지, 결심을 하셨나 보다. 한글을 배우기로!

할머니는 작년 겨울부터, 없는 시간에 (우리 할머니께선 무려 열다섯 가지가 넘는 작물을 재배하신다.) 아침에 평소보다 더 일찍 일어나시고, 저녁에 자기 전에 30분 정도씩 한글 공부를 하셨다고 한다. 할아버지께서는 처음엔 그런 할머니를 옆에서 지켜보기만 하셨지만 시간이 지나자 할머니에게 감동받기 시작하셨는지 할머니께서 한글 공부를 하시는 것을 옆에서 도와주시기 시작하셨다. 그래서인지 할머니께서는 전보다 더 한글을 깨치기 위해 열

42

심히 노력하셨다.

하루는 온종일 굶으시면서까지 한글 공부를 한 적도 있다고 말씀해 주셨다. 오랜 시간을 그냥 살다가, 편히 쉬어야 하실 때에 한글을 배우는 것이 얼마나 어려우셨을까⋯⋯. 생각이 여기까지 미치다 보니, 우리 할머니가 괜스레 자랑스러워진다.

한번은 이런 일이 있었다. 할머니의 노력하는 모습이 너무나 아름답게 보여서 내 동생과 내가 할머니를 위해 초등학교 1학년 국어 교과서를 구해서 선물해 드리기로 한 것이다. 우리 가족은 주말엔 거의 할머니, 할아버지 댁을 방문한다. 그 덕에 우리는 할머니를 위한 선물을 빨리 드릴 수 있었다. 할머니는 우리의 선물을 받으시고는 정말 고마워하셨다. 그때 할머니의 눈빛은 꼭 순수한 내 동생의 눈빛같이 맑아 보였다.

그날 저녁, 할머니께선 우리에게 받으신 책을 펴고 연습장에 한 글자 한 글자 옮겨 적기 시작하셨다. 한 번의 막힘도 없이 술술 옮겨 적으시는 것을 본 나는 할머니를 칭찬해 드렸다.

"할머니, 정말 잘 적으시네요. 조금만 연습하시면 저보다 더 잘 적으시겠어요."

"정말이냐? 네가 칭찬을 해 주니 힘이 솟는구나. 다음번에는 우리 누가 더 예쁘게 잘 적는지 대결해 보자꾸나."

"하하하."

아무것도 모르는 어린 동생이 아무 이유 없이 그냥 옆에서 따라 웃는 바람에 우리는 한참 동안이나 신나게 웃었다. 내 생각엔 그날 이후로 할머니께서 한글 공부를 더 열심히 하시는 것 같았다.

한 해가 지난 지금 할머니께서는 '노인 대학교'에 다니고 계신다. 그 덕분에, 동네 할머니들께서 붙인 우리 할머니의 별명은 '세련된 할머니'이다. 앞으로도 할머니께서 이렇게 젊은 사고방식을 가지고 시간 가는 줄 모르고 바쁘게 사셨으면 좋겠다.

"우리 할머니 짱!"

신당중학교 교지 《신당》 제3호 (2004)

:: 생각할 거리

1 글쓴이가 할머니를 자랑스러워하는 까닭은 무엇인가요?

2 몰랐던 것을 알게 되어 기뻤던 경험이 있다면 말해 보세요.

친구들의 느낌은? ....

자신의 할머니가 한글을 배우고 있는 상황과 그 때문에 자신의 할머니가 자랑스럽다는 느

낌을 잘 표현했다. _권두현

환갑이 지난 할머니의 학구열이 대단하다. 할머니의 한글 공부에 직접적으로 영향을 준 건

주위 사람들의 관심과 배려인 듯하다. 할아버지의 모습도 보기 좋다. _이준서

원이 아버님께

이응태 부인

1998년, 경상북도 안동시에서 집 지을 땅을 조성하기 위해 주인 모를 무덤을 다른 곳으로 옮기게 되었다. 무덤을 파 보니 관이 무척 깨끗해서 만들어진 지 얼마 안 되는 것 같았는데, 1586년 (병술년)에 31세의 젊은 나이로 숨진 '이응태'라는 사람의 무덤으로 밝혀졌다.

그 무덤에서 유물이 여러 가지 발견되었는데, 그중 한 통의 편지가 눈길을 끌었다. 이응태의 아내가 쓴 편지였다. 한글로 빽빽이 쓴 편지는 이응태가 숨지고 나서 장례를 치르기 전까지 짧은 시간 동안 쓴 것이었는데, 죽은 남편에 대한 절절한 슬픔과 그리움으로 가득했다. 이응태의 아내는 종이가 다했는데도 하고픈 말을 다 끝내지 못했는지 종이를 돌려 귀퉁이에까지 애절한 사연을 적어 두었다.

편지와 함께 남편의 병이 낫기를 바라며 머리카락과 삼°을 엮어서 만든 미투리°도 발견되었는데, 이 편지와 미투리는 28개국에서 발행되는 다큐멘터리 잡지 《내셔널 지오그래픽》에 소개되어 전 세계 사람들에게 감동을 안겨 주기도 하였다. 요즘 쓰는 말로 옮긴 편지의 내용은 다음과 같다.

원이 아버님께 올립니다.

당신은 늘 나더러 "둘이 머리카락 희어지도록 살다가 함께 죽자"고 하셨지요. 그런데 어찌하여 나를 두고 당신 먼저 가십니까? 나와 우리 아이는 누구의 말을 따르며 어떻게 살라고, 다 버리고 당신 먼저 가십니까?

당신은 나에게 어떤 마음을 가졌고, 또 나는 당신에게 어떤 마음을 가졌나요? 함께 누우면 언제나 나는 당신에게 "여보, 다른 사람들도 우리처럼 서로 어여삐 여기고 사랑할까요? 남들도 정말 우리 같을까요?"라고 말하곤 했지요.

어찌 그런 일들을 생각하지도 않고 나를 버리고 먼저 가시나요? 당신을 여의고는 아무리 해도 나는 살 수 없어요. 빨리 당신께 가고 싶으니 나를 데려가 주세요. 당신 향한 마음은 이승에서 잊을 수 없고, 서러운 뜻은 끝이 없습니다. 이내 마음 어디 두고 자식 데리고 당신을 그리워하며 살라고 하십니까?

내 편지 보시고 꿈에 와서 자세히 말해 주세요. 꿈속에서 당신 말 자세히 듣고 싶어 이렇게 써서 넣습니다. 자세히 보시고 내게

• 삼 | 긴 섬유가 채취되는 뽕나뭇과 식물을 통틀어 이르는 말.
• 미투리 | 실, 종이, 삼 따위를 꼬아 만든 줄로 짚신처럼 삼은 신.

말해 주세요.

당신 내 배 속의 자식 낳거든 보시고 말할 것 하고 그리 가시지, 배 속의 자식 낳으면 누구를 아버지라 하라시는 건가요?

아무리 한들 내 마음 같겠습니까? 이토록 큰 슬픔이 하늘 아래 또 있겠습니까? 당신은 그곳에 가 계시면 그뿐, 아무리 한들 내 마음같이 서럽겠습니까? 한도 끝도 없어 다 못 쓰고 대강만 적습니다.

이 편지 자세히 보시고 내 꿈에 와서 당신 모습 자세히 보여 주시고 또 말해 주세요. 나는 꿈에서 당신을 볼 수 있다고 믿고 있습니다. 몰래 와서 보여 주세요.

하고 싶은 말, 해도 해도 끝이 없어 이만 적습니다.

병술년 유월 초하룻날, 아내

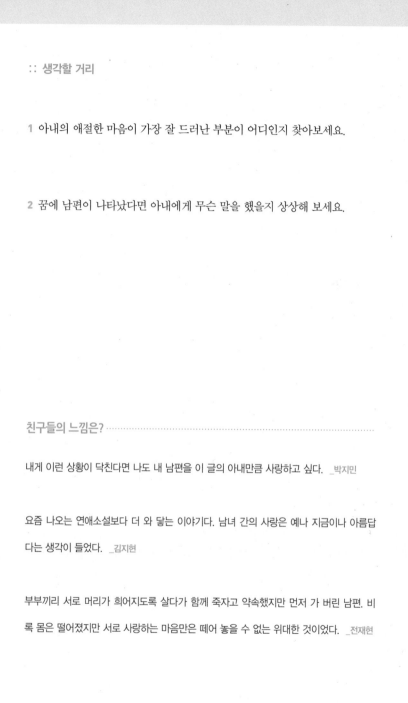

:: 생각할 거리

1 아내의 애절한 마음이 가장 잘 드러난 부분이 어디인지 찾아보세요.

2 꿈에 남편이 나타났다면 아내에게 무슨 말을 했을지 상상해 보세요.

친구들의 느낌은? ···

내게 이런 상황이 닥친다면 나도 내 남편을 이 글의 아내만큼 사랑하고 싶다. _박지민

요즘 나오는 연애소설보다 더 와 닿는 이야기다. 남녀 간의 사랑은 예나 지금이나 아름답다는 생각이 들었다. _김지현

부부끼리 서로 머리가 희어지도록 살다가 함께 죽자고 약속했지만 먼저 가 버린 남편. 비록 몸은 떨어졌지만 서로 사랑하는 마음만은 떼어 놓을 수 없는 위대한 것이었다. _전재현

성교육

조정육

"아빠, 꼬추털도 머리카락처럼 계속 자라나요?"

일요일 오후, 모처럼 낮잠을 자려고 누운 남편 옆에 예의 말 많은 큰애가 들러붙더니 또 얘기를 시작한다.

"안 재 봐서 몰라."

귀찮은 놈이 또 시작이군, 하는 목소리로 남편은 털어 내듯 한 마디 던진다.

"아빠, 수염은 나이 들면 하얘지잖아요. 그럼 꼬추털도 늙으면 하얘져요?"

한번 시작하면 궁금증이 풀릴 때까지 집요하게 물고 늘어지는 아이였다.

"확인 안 해 봐서 몰라."

몇 마디만 더 하면 아까운 낮잠을 놓칠 것 같은 위기감이 들어 남편은 아이를 등지고 반대쪽으로 돌아누우며 대화를 그만하겠 다는 확고한 의지를 보여 주었다. 그렇다고 포기할 녀석이 아니 었다.

"아빠, 저는 애기씨가 언제 생겨요?"

"쪼끔 있으면 생겨."

낮게 대답하는 남편의 목소리에 드디어 상당한 인내심이 묻어 나기 시작했다.

"여자하고 남자하고 서로 보듬고 자기만 하면 임신이 되는 거예요?"

간단하게 끝날 줄 알았던 녀석의 질문이 끈질기게 이어지자 드디어 남편의 인내심에 균열이 생기면서 뚜껑이 확 열렸다.

"야, 너는 쓸데없는 데 신경 쓰지 말고 그 시간 있으면 가서 공부 좀 해라! 공부! 너, 어제 배운 영어 복습 다했냐? 엉?"

모처럼 늘어지게 낮잠 한번 자 보려던 남편의 희망은 이렇게 물거품이 되었고 형과 아빠의 대화가 잘 풀리면 저도 어떻게 끼어 볼까 하고 대기하고 있던 작은애는 예상과는 달리 분위기가 험악해지자 조용히 일어나 마루로 빠져나간다.

일이 이 지경에 이르면 나도 한마디 안 할 수가 없다.

"너는 왜 그렇게 분위기 파악을 못하냐? 너도 졸릴 때 누가 말 시키면 화 안 나? 아빠가 피곤해 보이면 어깨나 다리를 주물러 드릴 생각은 하지 않고 너 하고 싶은 대로만 하면 아빠라고 좋은 소리가 나오겠어? 야, 그러지 말고 차라리 나가서 놀아라. 오늘은 축구 안 해?"

이제 6학년에 올라간 녀석이 성에 대해 궁금해 하는 것이 이해 못 할 바는 아니지만 시간을 잘못 골랐다. 더구나 질문 내용이

조곤조곤 대답하기에는 상당히 '거시기'* 하지 않은가. 학교 다
닐 때 성교육다운 성교육을 한 번도 제대로 받아 보지 못했던 우
리 세대는 아이들이 성에 대해 물어 올 때가 가장 난처하다. 그
럴 때마다 이 책 저 책에서 읽은 상식 수준에서 적당히 대답하지
만 그게 보통 진땀 나는 일이 아닐 수 없다.

이를테면 "아빠, 아빠는 엄마한테 어떻게 애기씨를 주었어요?"
라든지 "우리는 어떻게 태어났어요?" 등의 질문이 그렇다. 그러
면 남편은 "사랑하는 여자와 남자가 서로 안고 잠을 자면 그 사
이에서 아이가 생기는 거야."라고 건조한 목소리로 대답한다. 거
기서 질문이 끝나면 다행이다. 남편의 대답이 끝나기 무섭게 아
이는 "그럼 엄마, 저하고 함께 보듬고 자 봐요. 네? 우리도 서로
사랑하잖아요."라는 식으로 엉뚱한 방향으로 진도가 나가 버린다.

그러다 보니 아이들이 성에 대해 질문이라도 할라치면 우린
서로에게 그 책임을 떠넘기는 데 급급하다. 나는 "남자끼리 잘
통하니까……."라며 남편에게 미루고 남편은 "당신이 설명을 더
잘하니까."라며 자리를 피해 버린다.

아이들과는 텔레비전을 함께 보는 것도 겁이 난다. 행여 뉴스
에 "택시 기사가 승객을 성폭행하고……."로 시작하는 내용이 소
개되면 녀석은 대번에 "아빠, 성폭행이 뭐예요?"라는 질문을 던
진다. 그럴 때면 "그건 말이야……."로 시작된 평범을 가장한 남
편의 교육적인 대답이 장황하게 흘러나온다. 속으로는 진땀깨나
흘렸을 것이다.

이렇게 맨정신으로 대답하기에도 난처한 질문을 달콤한 낮잠 시간에 물어봤으니 남편이 폭발하는 것은 당연했다. 이런 자신의 모습을 지켜보면서 이것이 우리 세대의 한계구나 하는 생각이 들었다. 젊은 세대는 아니고 그렇다고 이제 그만 자리를 물려주기를 바라는 5, 6공 세대도 아닌 샌드위치 세대, 나이 사십 대. 이번 대선에서도 보수를 지향하는 오십 대 이상과 개혁을 주장하는 젊은 세대 사이에서 끝까지 그 표의 향방을 점칠 수 없었던 세대가 우리 사십 대였다. '젊은 시절 민주화를 주도했으나 이제는 안정을 바라는 세대'로 규정된 세대. 어느새 나도 그 세대에 들어서 있었다.

언젠가는 신윤복°의 〈연당야유도〉를 보고 있는데 옆에서 그림을 보던 큰애가 이상하다는 듯이 질문을 했다.

"엄마. 이 아저씨와 아줌마는 부부예요?"

"아니."

"근데 왜 함께 붙어 있어요?"

"응, 이 아줌마는 기생이라고 하는데 술집에서 술을 파는 사람이거든? 근데 술을 많이 팔기 위해서 이 아저씨 기분을 맞춰 주려고 아저씨가 하자는 대로 하는 거야."

"이 아저씨는 집에 부인이 없어요?"

• 거시기 | 하려는 말이 생각나지 않거나 바로 말하기가 거북할 때 쓰는 말.
• 신윤복(1758~?) | 조선 후기의 풍속화가.

신윤복, 〈연당야유도〉, 종이에 채색, 간송미술관 소장, 국보 135호.

"있겠지."

"그러다 이 아줌마가 아저씨한테 함께 살자고 하면 어떡해요?
이 아저씨는 부인과 이혼해요?"

"글쎄……. 그럴 리가 있겠니?"

"아저씨가 이혼해서 집을 나가면 그 집 아이들은 거지가 되는
거잖아요. 저도 텔레비전에서 다 봤어요. 아빠가 집을 나가서 엄
마 혼자 아이들을 기를 수 없으니까 엄마까지 집을 나가는 거요."

"그랬니?"

"아빠!"

"왜?"

"아빠는 절대 이 아저씨처럼 하면 안 돼요. 아셨죠?"

"엉?"

그날도 옆에서 신문을 보고 있던 남편은 영문도 모르고 아이한테 당했다. 이야기는 거의 이런 방향으로 흘러간다. 그렇다고 내가 아이들한테 기생의 역사와 변천사 혹은 그 역할과 한계에 대해 논리적으로 설명해 줄 수도 없는 처지였다. 아이들은 모든 것을 그들의 세계관 속에서만 이해할 수 있기 때문이었다.

아이 기르는 어려움. 신구 세대의 중간에 낀 샌드위치 세대로서 겪는 성교육의 어려움. 부모 노릇 한다는 게 만만치 않음을 새삼 느끼면서 산다.

《그림이 내게 말을 걸어왔다》 (아트북스, 2003)

:: 생각할 거리

1 글쓴이가 부모 노릇을 하기 어렵다고 느낀 까닭은 무엇인가요?

2 여러분도 이 글에 나온 아이처럼 성에 대해 궁금한 것이 많을 것입니다. 여러분은 무엇을 알고 싶어 하는지 말해 보세요.

친구들의 느낌은? ···

아이의 행동이 참 재미있고 조금은 엉뚱하다. 이 시대에 맞는 올바른 성교육이 필요하다고

생각한다. _강기민

언젠가는 나도 아빠가 되어 이런 일을 경험하게 될 것 같다. 아이의 심리와 아빠의 심리가

어떤지, 생각이 어떤지 잘 나타나 있다. _조형득

시원시원하게 말해 주지 않으니까 궁금증이 생길 수 있다. 부모님들은 한창 호기심 많은

아이들을 위해 재치 있게 대답해 주셨으면 좋겠다. _김서영

햅쌀밥을 먹는 저녁

성석제

윙윙 들판을 울리던 탈곡기 소리가 그치고 볏짚을 쌓은 짚가리가 여기저기 생겨난다. 그래도 햅쌀밥을 바로 먹을 수 있는 건 아니다. 묵은쌀로 지은 밥은 질고 밥알이 뭉개져 있는 데다 약간 시큼한 맛이 돈다. 고구마를 먹는 게 나을 것 같다.

마당의 멍석 위에서 나락이 황금빛이 되어 간다. 학교에서 돌아온 아이들은 맨발로 따뜻한 나락 위를 걷는다. 나락이 고루 잘 마르려면 고무래*로 뒤집어 줘야 하는데 아이들은 일을 놀이로 만들어 발바닥으로 길을 내며 즐거워한다.

며칠 말린 벼를 가마니에 담아서 우마차에 싣는다. 수매를 하러 가는 것이다. 입시를 치르러 간 식구를 걱정하는 것 같은 불안한 적막 속에 남은 벼는 광에 넣고 살찐 잉어 모양의 자물통을 채운다.

---

* 고무래 | 곡식을 그러모으고 펴거나 아궁이의 재를 긁어모을 때 쓰는 '정(丁)' 자 모양의 기구.

오후가 되자 수매에서 일등급을 많이 받아 기분이 좋아진 할아버지가 돌아온다. 방앗간에 들러 도정°한 쌀 한 자루와 신문지에 싼 쇠고기 두 근, 고등어 한 손이 우마차에 실려 있다. 부엌 아궁이에서는 짚이 타고 연기가 지붕 위에 남실거린다. 아궁이 불에 붉게 물든 얼굴로 어머니가 무쇠솥 뚜껑을 즈으윽, 하고 열고 닫는 소리에 공명하여 아이들의 배에서는 꼬르륵 소리가 난다. 이윽고 부엌에서 김이 오른다. 냄새다, 밥 냄새.

안방 두레상°에 둘러앉은 식구들은 열 명 가까이 되는데도 조용하다. 할아버지만이 "밥상머리에서 다리를 떨지 마라"는 훈계를 잊지 않는다. 아무도 다리를 떨지 않는데도.

할아버지의 상에는 아직 읍에서 돌아오지 않으신 아버지 대신 맏손자가 앉는다. 제일 먼저 그 상에 솥 안 밥 위에 얹어 익힌 계란찜이 놓인다. 아이들 모두 노리고 있는 반찬이다.

밥그릇이 들어온다. 밥마다 기름이 잘잘 흐른다. 할아버지의 밥그릇만 뚜껑이 있고 제사 때 올리는 메°처럼 밥이 그릇 위로 솟았다.

"자, 먹자." 할아버지의 식사 개시 선언에 숟가락이 일제히 그릇으로 돌입한다. 뜨겁다. 김이 뜨겁고 밥이 뜨겁다. 후후 불고 나서 입속으로 집어넣는다. 햅쌀밥은 묵은쌀로 지은 밥과 달리 한 톨 한 톨 밥알이 살아 있다. 꺼내 보면 생김새를 분별할 수 있을 정도. 후우 불고 다시 밥을 떠 넣는다. 볼따구니가 저려 온다. 다른 소화기관들이 '야, 너만 맛보지 말고 어서 씹어. 빨리 뒤로 넘기라구.' 아우성치는 소리를 들은 것처럼 바쁘게 움직이고 있기 때문이다.

기름이 둥둥 뜨는 쇠고기 국에 밥을 만다. 목구멍 아래에서 안타깝게 기다리는 내장 기관에 국물과 밥이 뒤섞여 모내기 철 도랑물처럼 내려간다. 식도가 화끈해진다. 배가 따뜻해진다. 반찬이 필요 없다. 밥이 반찬이다. 정수리에 땀이 솟는다. 이마에 열이 버쩍 난다. 후아후아, 입김 불어 대는 소리는 그치지 않는다.

들판에 풍성하게 내리는 어둠을 사이에 두고 맞은편 마을에 불이 하나둘 켜지고 지상의 별처럼 반짝이기 시작한다. 영길이도 아영이도 후후, 후후 밥을 먹고 있을 것이다. 뜨거운 밥. 햅쌀밥. "가반°하겠구나." 할아버지가 그릇 윗부분의 밥만 덜어 먹은 밥그릇을 밀어 주고 숭늉을 가볍게 한 모금 마신 뒤 일어선다. 할아버지가 가고 난 뒤 이리 떼처럼 숟가락들이 덮쳐 온다. 아, 막아 내야 하는데. 내 밥, 내 계란찜!

《성석제의 농담하는 카메라》(문학동네, 2008)

• 도정 | 곡식을 찧거나 껍질을 벗김.
• 두레상 | 여러 사람이 둘러앉아 먹을 수 있는 큰 상.
• 메 | 제사를 지낼 때 그릇 위로 수북이 담아서 올리는 밥.
• 가반 | 정한 몫 외에 밥을 더 받음. 또는 그 밥.

:: 생각할 거리

1 글쓴이 가족이 햅쌀밥을 먹는 장면과 여러분의 가족이 밥을 먹는 장면을 비교해 보고, 같은 점과 다른 점을 찾아보세요.

2 글쓴이는 계란찜을 "아이들 모두 노리고 있는 반찬"이라고 했습니다. 여러분이 특히 좋아하는 음식은 무엇인지, 형제나 친구들과 서로 맛있는 반찬을 먹으려다 다툰 경험이 있는지 말해 보세요.

친구들의 느낌은? ··

다 같이 오순도순 둘러앉아 저녁을 먹는 모습이 떠오른다. 김이 솔솔 올라오는 햅쌀밥이 눈앞에 아른아른하는 것 같다. 후후 불어 가며 뜨거운 것도 잊은 채 삼키는 아이들의 얼굴이 떠오른다. 또 계란찜 때문에 목숨을 거는 애들도. _박도형

"할아버지가 가고 난 뒤 이리 떼처럼 숟가락들이 덮쳐 온다." 머릿속에서 상상이 펼쳐진다. 그런데 먹는 데 욕심내면 안 된다는 것도 잊지 말아야 할 것 같다. _권혁준

할머니의 사랑

송미현

토요일 저녁, 학교라는 굴레*에서 벗어나 모처럼 여유롭게 식사를 하고 있었다. 그런데 갑자기 엄마께서 심각한 표정으로 조용히 입을 여셨다.

"미현아, 할머니께서 많이 아프시다. 그래서 지금 병원에 계신단다."

반찬을 집으려는 손은 멈춰지고 갑자기 머리가 띵해 왔다. 머릿속이 텅 비어 버린 듯했다. 애써 흘러내리는 눈물을 참았다.

"네? 진짜요? 어디가요?"

"말도 잘 못하시고 왼쪽 손도 마비가 와서……."

엄마께서는 이내 말끝을 흐리셨다.

믿을 수 없었다. 일주일 전만 해도 내가 기숙사로 가면서 다녀오겠다는 내 인사에 멀쩡하신 모습으로 대답해 주셨는데 꿈을

---

* 굴레 | 말이나 소 따위를 부리기 위해 말이나 소의 머리와 목에서 고삐에 걸쳐 얽어매는 줄. '부자연스럽게 얽매이는 일'을 비유적으로 나타내는 말로 쓰인다.

꾸는 듯했다. 아니, 꿈이길 바랐다.

"오늘, 우리 가족 모두 할머니 계신 병원에 가자. 얼른 준비해라."

그때까지는 그래도 큰 문제는 아니겠지 하고 내 자신을 위로하며 약간은 마음을 놓으려 했다. 하지만 병원에 막상 도착하니 느낌이 이상했다. 읍내 조그마한 병원에만 갔었던 나는, 텔레비전에서만 보던, 입원실이 줄지어져 있고 몇 층 안 되는 건물에 엘리베이터가 있는 병원이 두렵고 낯설게만 느껴졌다. 담당 의사는 아직 면회 시간이 되지 않아 좀 더 기다려야 된다고 하셨다. 우리 가족은 큰어머니께서 오실 때까지 기다렸다. 잠시 후, 큰어머니께서 모습을 드러내고 떨리는 마음으로 할머니가 계신 곳으로 향했다.

우리 가족 외에도 많은 사람들이 면회를 기다리고 있었다. 우선 보호자 대기실에서 면회 시간이 되기를 기다렸다.

"어머님 상태는 어떠세요?"

"이제 말씀도 좀 하시고 나아지셨는데 자꾸 우신다. 혈압이 올라간다고 울지 마시라고 하는데도 계속 우시니 우야노."

"좀만 늦었어도 큰일 날 뻔했다 하던데요. 피를 그리 쏟아 내셨으니……."

'자꾸 우신다고? 피를 흘리셨다고?'

어른들이 나누는 말씀에 정신이 번쩍 들었다. 그제서야 사태의 심각성을 깨달았다. 할머니의 상태가 내가 생각했던 것보다 훨씬 더 심각할 수 있다는 생각에 미치자 자꾸 눈물이 나왔다. 큰어머니께서 울지 말라고 하는데도 이놈의 눈물샘은 고장이 났는지 쉴 새 없이 눈물이 흘러나왔다. 병실에 들어가면 절대 울지 말라고 하셨다. 내가 울면 할머니께서도 우시게 되고, 그렇게 되면 할머니 건강이 더 나빠질 수 있다고 하셨다. 그렇게 말하시는 큰어머니는 이미 죽음이라는 걸 겪어 보셔서 그런지 담담해 보이셨다. 그러나 아직 어린 내겐 '죽음'이라는 건 여전히 두렵고 무서운 존재였다.

드디어 면회 시간. 병원에 도착하기 전에는 할머니께서 어떠하신지 내 눈으로 직접 확인해 보고 싶었지만 막상 병실에 들어서려니 발걸음이 떨어지질 않았다. 차라리 보고 싶지 않았다. 그냥 이대로 집에 돌아가고 싶은 심정이었다. 의사들은 냉정하게도 병실에 세 명만 들어갈 수 있다고 했다. 물론 원활한 병원 운영을 위해서는 그렇게 할 수밖에 없었겠지만, 그런 의사들의 모습에 아랫입술을 꽉 깨물지 않을 수 없었다.

손을 소독하고 앞치마 같은 것을 둘러매고 병실 안으로 들어갔다. 들어가는 내내 보이는 건 앙상한, 목숨이 붙어 있다고는 생각되지 않을 정도로 참혹해 보이는 노인들이었다. 끔찍했다. '설마 우리 할머니도?'라는 불안감을 떨쳐 버릴 수 없었다. 할머니에게로 향하는 그 몇 걸음이 길게만 느껴졌다.

드디어, 할머니 앞에 서게 되었다. 할머니께서는 곤히 주무시고 계셨다. 큰어머니께서 우리가 왔다고 할머니를 깨우자 할머니께서 일어나시는데 그 모습이 너무 안타까워 보여 또다시 눈물이 나오고야 말았다. 울면 안 된다고, 울면 할머니께 안 좋다고 내 자신을 계속 질책하고 꾸짖어도 한번 나온 눈물은 멈추지 않았다. 일부러 뒤돌아 눈물을 닦기도 했다.

할머니께서 말씀하시는데 어린아이처럼 자꾸 침을 흘리셔서 큰어머니께서 수건으로 닦아 주어야만 했다. 며칠 사이에 완전히 다른 사람이 되어 버린 할머니의 모습에 내 가슴은 찢어지는 듯했다. 할머니께서는 말씀하시는 게 누가 보기에도 힘들어 보이시는데도 계속 우리 걱정만 하셨다. 엄마께서는 빨리 나으라고 말씀드리라며 내 손으로 할머니의 손을 잡게 했다.

"할머니, 흑, 흐윽……."

처음으로 잡아 보는 할머니의 손이었다. 그 까칠함과 앙상함에 나는 결국 북받쳐 왔던 울음을 터뜨리고 말았다. 그런 내 모습을 보시고는 할머니께서도 눈물을 흘리시는 것이었다. 정말 어린아이처럼 '엉엉' 우셨다. 할머니께서 그렇게 우시는 모습은 처음이었다. 아니 할머니께서는 종종 우셨을지도 모른다. 다만 겉으로 드러내시지 않았을 뿐.

겨우 내 자신을 진정시키고 할머니의 초췌한 얼굴을 쳐다보았다. 할머니와 이렇게 눈을 마주친 적이 있었던가. 할머니의 얼굴에 깊이 박힌 주름은 내겐 생소했고 얼룩덜룩 핀 검버섯˚도 모두 낯설었다. 어쩌면 그게 할머니의 본모습이었을지도 모르는데 나는 할머니께서 변하셨다고만 생각했다.

집으로 돌아오는 내내 할머니의 그 앙상한 얼굴이 머리에서 떠나질 않았다.

그러고 보면 나는 할머니에게 아무것도 해 드린 것이 없었다. 항상 할머니께 받기만 했다. 그게 당연한 것처럼 살아왔다. 그래서 할머니께서 조금이라도 내게 못해 주시는 것이 있으면 짜증 내고 화내고 손녀라고 살갑게 대한 적도 없었다. 할머니께 웃으며 손잡아 주고 어깨 주물러 주는 그 조그마한 일 하나도 해 본 적이 없었다. 할머니의 사랑에 감사하기는커녕 오히려 그것을 외면해 왔다. 할머니가 창피스러웠고 어떨 때는 몹쓸 생각으로 할머니께서 차라리 안 계셨으면 하는 생각까지 했다. 난 정말 나쁜 손녀였다.

바닥에 떨어진 음식도 아무렇지 않게 드시는 할머니가 싫었다.

손도 안 씻고 과일을 깎아 주시는 할머니가 싫었다.

밖에서 친구들과 있을 때 꾀죄죄한 모습으로 아는 척하시는 할머니가 싫었다.

그런 할머니가 싫었다.

그것이 사랑인 줄 몰랐다. 그런데 할머니의 체취만이 풍기는 휑한 이 방에 덩그렇게 홀로 서 있는 지금, 나는 깨달았다.

그것이 사랑이었다는 것을. 한평생 바쳐 온, 그리고 앞으로도 주실 사랑이라는 것을…….

• 검버섯 | 주로 노인의 살갗에 생기는 거무스름한 얼룩.

이제는 내가 그 사랑을 드릴 것이다. 내가 받은 만큼, 아니 그 보다 훨씬 더 많은 사랑을. 할머니께서 다시 건강해지기만 한다 면…….

《성주문학》 2006년 제6호 (성주문학회, 2006)

:: 생각할 거리

1 편찮으신 할머니를 뵙고 온 후 글쓴이의 마음은 어떻게 바뀌었나요?

2 가족이나 가까운 사람이 무척 아팠던 적이 있다면, 그때 어떻게 행동했는 지 기억을 떠올려 보세요.

친구들의 느낌은? ....

할아버지가 돌아가시던 날 아침, 나는 할아버지가 인사를 하지 않는다고 혼을 내셔서 삐쳐 있었다. 한참 지나서야 나는 할아버지로부터 일방적인 사랑을 받고 자랐다는 것을 알았다.

_조민식

사람들은 언제나 자신의 곁에 있는 사람이나 물건의 중요성을 느끼지 못한다. 그래서 함부 로 대하고 마음껏 쓴다. 하지만 그 모든 것들이 사라졌을 때 사람들은 후회하게 된다.

_정영석

망할 노무 소
잡아묵어 뿌려야지

2

시험에 얽힌 미신

오유정

2학기 중간고사 때, 원경이와 내가 교실에서 싸운 일이 있었다. 내 잘못으로 생긴 일이다. 원경이의 컴퓨터용 사인펜 뚜껑을 내가 제일 먼저 열었다고 화를 낸 것이다.

'내가 알고 그랬남. 정말 괜한 일 갖고 그래.'

나도 화가 났다. 내 마음이 싱숭생숭해서 시험을 약간 망쳤다.

사건은 이렇게 시작되었다. 그 당시 우리 반에는 한 가지 미신이 있었다. 시험을 잘 보기 위해서 새로 산 컴퓨터용 사인펜을, 시험 보는 날 사인펜을 산 사람이 뚜껑을 열어야 그 시험을 잘 보고, 다른 사람이 사인펜 뚜껑을 열게 되면 부정 타 그 시험을 못 본다는 이야기였다. 그걸 유원경이도 믿고 있었다.

2학기 중간고사 첫 시험. 학교에 와서 시험 시작 30분 전에 교실에 보람이, 현미, 원경이, 원정이, 나 다섯이서 이야기를 하고 있었다. 그때 원경이 앞에 내가 앉아 원경이의 사인펜을 만지작거리다가 내가 먼저 뚜껑을 열었다. 그걸 원경이가 알고 울먹이면서 나에게 막 화를 냈다. 내 실수였다. 난 사인펜 뚜껑을 남이

70

열면 안 된다는 것을 모르고 있었기 때문이다. 그래서 원경이에게 고의가 아닌 실수라고 몇 번이나 말하였다. 하지만 계속 내게 화만 냈다.

나도 그러는 원경이에게 화가 나 따졌다.

"내가 알고 그랬나, 뭐! 내가 미안하다고 했잖아. 그러면 된 거 아니가? 사람이 너그럽게 받아들일 줄도 알아야지, 왜 그러는데 정말. 그게 진짜 시험 잘 보게 할 거 같나? 미신이나 믿고 어디 시험 잘 보는지 보자."

이렇게 나는 원경이에게 화가 난 나머지 있는 말, 없는 말을 원경이에게 퍼부었다.

원경이 사인펜 때문에 공부에 집중도 안 되고 자꾸 짜증만 났다. 이러다가 원경이만이 아니고 나도 시험을 못 볼 것 같은 생각이 들었다.

'사인펜이 뭐가 그리 중요하다고, 정말 원경이는 도무지 이해할 수 없어. 에이! 시험이나 꽉 망쳐라, 이 못난 기집애.'

이런 생각까지 했다. 하지만 우리 집이 사인펜을 못 살 정도로 가난한 집도 아니었다. 하지만 이미 쓰고 있던 펜이 남았는데 새 걸 사려고 하니 아까워서 못 샀던 것이다. 괜한 것 갖고 시샘하고 정말 나도 이상한 애인가 보다.

2학기 중간고사 첫 시험을 원경이가 못 봤나 보다. 울먹이는 말투로 우리에게 와서는,

"나 이번 시험 망쳤어. 어떡해. 나 현미보다도 시험 성적 못 나

올 것 같애. 어떡하면 좋아."

사인펜 때문에 마음이 안정되지 못했나 보다. 하지만 시험 성적은 나보다도 잘 나왔다.

'가시나! 잘 볼 거면서 못 봤다고 설치기는, 정말 웃긴다.'

사람이 하는 모든 일은 마음먹기에 달렸다. 모든 것을 긍정적으로 받아들이고 행동하면 모든 것이 잘 된다는 것을 말이다.

그날 이후, 원경이를 보면 미안한 마음이 든다. 미신이라고 해서 다 나쁜 것만은 아니다. 그렇다고 해서 다 좋은 것도 아니다. 모든 것은 마음먹기에 달렸다. 미신이라는 존재를 믿고 행동했던 원경이가 밉기도 하고 싫었다.

하지만 지금은 그때의 일이 하나의 추억으로 남았다.

《아무에게도 하지 못한 말》(보리, 2001)

1 글쓴이가 원경이와 다툰 까닭은 무엇인가요?

2 여러분에게도 시험을 잘 치기 위해 믿는 미신이 있다면, 어떤 것이 있는지
말해 보세요.

친구들의 느낌은? ···

시험 치는 날 공부 잘하는 아이의 머리카락을 뽑아 연필에 붙이면 시험을 잘 본다는 말을
듣고 그렇게 해 봤다. 긍정적인 마음과 믿음 덕분인지 그날 시험을 어느 정도 쳤었다. 미신
이 꼭 나쁜 것만은 아니다. 왠지 모를 자신감을 주어 좋은 영향을 줄 수도 있기 때문이다.

_서현아

내게도 '모르는 문제가 나오면 5번 찍기'나 '시험 치는 날 씻으면 공부한 것들이 다 씻겨 내
려가니 씻지 않기' 같은 미신이 있다. 그런데 모든 것은 마음먹기에 달린 것 같다. 미신을
아무리 믿어도 시험을 잘 본 것은 결국 열심히 공부한 때밖에 없었다. 하지만 아직도 믿는
미신이 있다. 절대 '아, 이번 시험 망했어.' 같은 말은 하지 않는 것이다. 그런 말을 하면 반
드시 망했기 때문이다. _권태훈

가난이 흔들어도 나는 자라난다
_사랑을 배운 현수

문경보

여름방학을 하는 날이었다. 아이들이 모두 떠나간 교정 한구석에 현수와 나는 나란히 앉아 벌써 한 시간 동안 줄다리기를 하고 있었다.

"선생님, 저 견학…… 안 가면 안 돼요?"

"너 언제까지 그렇게 모든 걸 피하기만 할래?"

"전 초등학교 때부터 소풍도 안 갔어요. 늘 그랬어요."

"놀러 가는 게 아냐, 인마. 공부하러 가는 거야. 교실에서만 공부하는 건 아니잖아."

"선생님, 저 안 가도 괜찮아요."

"뭐, 괜찮다고? 그렇게 인심 쓰듯이 이야기하는 법은 어디서 배웠어! 건방진 놈. 너 이런 모습을 하늘나라에 계신 부모님이 보면 퍽이나 좋아하시겠다. 바보 같은 놈아!"

현수의 표정이 굳어졌다. 부모님 이야기를 꺼낸 것은 실수였다.

"미안하다. 부모님 이야기는 내가 사과한다."

"선생님. 사실 저 돈이 없어요. 그래서 가기 어려워요."

얼굴이 빨갛게 달아오른 현수는 기어들어 가는 소리로 조그맣게 말했다.

"그건 걱정 마라. 선생님이 해결책을 마련해 놨다. 학교 옆에 분식점 있지? 거기서 방학 동안 아르바이트 좀 해라. 하루에 두 시간씩 열흘 정도 하면 오만 원 주신다고 하더라. 그 정도면 견학 비용하고 가서 쓸 네 용돈 정도는 될 거다. 내가 잘 이야기해 놨으니까 이참에 한번 네 힘으로 돈을 벌어 봐라. 좋은 경험이 될 거다."

세상은 열다섯 살 소년의 무릎을 너무나 일찍 꺾어 버렸다. 어머니는 일찍 돌아가셨고, 알코올 중독에 저능인 아버지마저 중학교 1학년 때 세상을 떠났다. 여동생과 단둘이 살고 있는 소년 가장 현수는 늘 슬픈 얼굴을 하고 있다. 모든 일에 의욕이 없고, 다른 사람이 도와줘도 아무런 반응이 없다. 고맙다는 말도, 싫다는 말도 하지 않는다. 흔들리면 흔들리는 대로 살아가는 아이였다. 그래서 나는 분식집에서 일하는 것부터 시작해서 정글과 같은 세상에서 다른 이의 도움 없이 스스로 살아가는 생존 법칙을 알려 주고 싶었다.

사실 현수의 견학 참가비는 이미 내 호주머니를 털어서 마련한 상태였다. 나는 가난한 집 아이들이 도움에 길들여지는 것만큼 무서운 것은 없다고 생각해 오던 터였다. 무엇보다 현수가 홀로 서는 방법을 배워야 한다고 생각했다. 그런 것을 가르치는 것이 교육이라고 나는 믿고 있었다.

여름방학이 끝났다. 학생들은 견학 겸 여행을 떠난다는 설렘으로 들떠 있었지만 나는 무척이나 화가 나 있었다. 현수 이놈이 방학 동안 단 하루도 분식집에서 일을 하지 않은 것이다. 그리고 더 기가 막힌 것은 동네 할아버지들께서 돈을 모아 현수에게 구경을 다녀오라고 오만 원을 쥐어 주셨는데, 현수는 그 돈마저 학교에 오던 도중에 잃어버렸다는 것이다.

현수가 한심하게만 생각됐다. 스스로 삶을 꾸려 나가려 하지도 않고, 다른 사람의 도움을 소중히 여기지도 않는 현수가 나는 야속하기까지 했다. 마음을 가라앉히려고 노력하고 있을 때 전화가 왔다.

"선생님, 안녕하세요. 현수란 아이 이야기를 제 아들놈에게 들었습니다. 그 아이 집이 어렵다면서요? 그래서 제가 이번 여행에 드는 비용을 대고 싶어서요."

평소에 따스한 마음씨 때문에 큰누님처럼 편안하게 생각해 온 학부형의 전화였다. 나는 속상했던 터라 어리광을 피우는 막내동생처럼 그 어머니에게 속내를 털어놓았다.

"선생님, 그 아이에게 너무 많은 것을 요구하고 계신 거 알고 계세요? 그 아이는 아직 자기가 어떤 아픔을 겪고 있는지도 잘 모르는 나이잖아요. 그냥 품어 주셨으면 좋겠어요. 부모가 다 있는 집안의 아이가 그랬다면 선생님께서 그렇게 힘겨워 하실까요? 가난하고 힘들다고 너무 빨리 세상을 배우게 하는 것도 아이에게는 나중에 상처가 된답니다. 선생님께서 이해하세요."

어머니의 충고가 맞는 말도 같고 아닌 것도 같아 나는 혼란스러웠다.

종례를 하기 위해 교실로 들어섰다. 학급 회계가 모자를 뒤집어 들고 교실 안을 돌고 있었다.

"뭐 하는 거냐?"

"현수 견학 참가비 모으고 있습니다."

반장이 또랑또랑하게 말했다.

"선생님, 정말 신기해요. 방금 모은 액수가 딱 삼만 원이에요."

약간 덜렁거리는 회계가 웃으며 이야기했다.

"당장 다 돌려줘라!"

벼락같이 내지른 소리에 교실은 일순간 얼어붙었다. 그리고 침묵이 흘렀다. 현수는 고개를 숙이고 아무 말이 없었다.

"이건 저희들 일입니다. 저희가 결정하고 저희가 행동한 겁니다. 나쁜 행동이 아니라고 생각합니다."

반장이 앙칼진 목소리로 말했다.

"그냥 막 도와주는 것이 정말 현수를 위한 거라고 생각하나?"

"저, 저, 서…… 선…… 선생님, 있잖아요. 이거, 이거, 그…… 그냥 주는 거 아…… 아닌데요!"

흥분하면 말을 더듬거리는 전교 일등 부반장이 반장을 도와 말하며 현수에게 무엇인가 손짓을 했다. 현수는 종이 한 장을 내 앞에 부끄럽게 내밀었다.

〈차용증서〉

앞으로 이십 년 뒤 2학년 3반은 반창회를 실시한다.

오늘 걷은 모금의 혜택을 입은 장현수는 그날 자장면 값 전부를 부담한다.

내 얼굴에는 웃음이 절로 떠오르고, 마음에는 울렁임과 함께 콧등이 시큰해졌다.

"장현수! 이 약속 꼭 지킬 수 있냐?"

현수는 말없이 고개를 끄덕였다.

"소리 질러 미안하다. 사과의 뜻으로 내가 아이스크림 하나씩 돌린다. 그럼 나 용서해 줄 거지?"

아이들은 박수를 치고 휘파람을 불어 댔다.

"얘들아! 사실 현수가 견학 갈 돈은 내가 이미 냈다. 그런데 한 번 생각해 보자. 선생님이 서무과에 낸 돈 삼만 원, 동네 할아버지께서 주신 돈 오만 원, 한 어머니께서 보내 주신 돈 삼만 원, 그리고 너희들이 모은 돈 삼만 원, 모두 얼마지?"

"십사만 원이요!"

"그래. 현수는 돈이 하나도 없었는데 십사만 원의 돈이 생겼다. 그 돈의 소중함은 훨씬 더한 것이고. 아직 견학을 다녀오지 않았지만 이번 여행은 이미 성공한 것 같다. 성경의 오병이어 기적*

---

* 오병이어(五餠二魚) 기적 | 예수가 한 어린아이의 보리떡 다섯 개와 물고기 두 마리로 5천 명이나 되는 많은 사람을 배불리 먹이고도 남았다는 이야기.

은 사랑이 있으면 이렇게 언제든 현실이 될 수 있다는 걸, 그리
고 세상은 참 살 만한 것이고 살아 볼 만한 것이라는 사실을 알
게 되었으니까 말이야. 너희들 정말 멋진 놈들이야!"

《흔들리며 피는 꽃》(샨티, 2003)

1 여러분이 현수의 담임 선생님이라면 현수를 어떻게 대했을지 말해 보세요.

2 주변에 도움과 사랑을 필요로 하는 사람이 있는지 살펴보고, 그 사람을 진정으로 도울 수 있는 방법에 대해 생각해 보세요.

친구들의 느낌은? ⋯⋯⋯⋯⋯⋯⋯⋯⋯⋯⋯⋯⋯⋯⋯⋯⋯⋯⋯⋯⋯⋯⋯⋯⋯⋯⋯⋯⋯⋯⋯⋯⋯⋯⋯

사람은 가난이 흔들어도 자랄 수 있는 존재이다. 가난이 인생의 발목을 잡는 요소가 되어

서는 안 된다. 현수는 좋은 친구들과 선생님을 만났기 때문에 가난하지만 잘 자라서, 이십

년 후에 차용증서를 내보이며 자장면을 살 것 같다. _임영재

나는 현수 입장에서 생각해 봤다. 그러니 담임 선생님이 오히려 야속하게 느껴졌다. 선생

님께서 자신의 가난을 들추듯이 계속 도움을 주려고 하니 가난하다는 사실이 더욱더 원망

스럽고 짜증스러울 것 같다. 그리고 무시당하는 느낌 때문에 자존심도 상했을 법하다.

_○○○

벗들이 지어 준 나의 공부방

안소영

백탑 아랫동네로 이사한 지 세 해쯤 되던 해였다. 바야흐로 봄이 한창 무르익은 오월 어느 날이었다. 탑의 몸에 피어난 이끼도 계절답게 짙은 녹색 빛을 띠고 있어서, 가까이에서 본 탑은 흰색이 아니라 연녹색으로 보였다.

벗들만 간간이 드나들던 호젓한 나의 집에, 별안간 굵은 나무와 연장을 짊어진 장정들이 들이닥쳤다. 집안사람들은 눈이 휘둥그레졌고, 어리둥절하기는 나도 마찬가지였다. 비좁은 마당에 짐을 부려 놓는 사람들 뒤로 유득공과 백동수의 얼굴이 보였다. 그제야 집을 잘못 찾아온 것은 아니란 생각이 들긴 했으나, 여전히 까닭은 알 수 없었다.

"매부, 이 사람들에게 마당을 좀 빌려 주시지요."

서글서글한 목소리로 백동수가 먼저 말했다. 그 말을 곧이곧대로 새겨 봐도 까닭을 알 수 없었다. 하필이면 비좁은 내 집의 마당을 빌려 달라니, 차라리 집 밖 빈 터가 더 넓지 않은가. 이런 생각을 하고 있는데, 유득공이 겸연쩍은 표정을 지으며 덧붙였다.

"여기, 방 한 칸을 만들려고 합니다. 편안하게 책도 읽고, 저희도 자주 찾아와 함께 지내고……."

"……."

무어라 할 말이 떠오르지 않았다. 어느새 눈앞이 뿌옇게 흐려졌다. 찾아온 벗들을 한 번도 편안하게 맞이하지 못한 지난날들이 그림처럼 지나갔다.

우리 집은 바깥채가 따로 없이, 좁은 마루를 사이에 둔 방 두 칸이 전부였다. 손님이라도 찾아오면 나와 함께 있던 어린 동생은 형수와 조카들이 있는 방으로 건너가야 했다. 출타*한 아버님이 돌아오시면, 나는 찾아온 벗들과 함께 슬그머니 바깥으로 나와야만 했다.

어쩌다 비좁은 방 안에 무릎을 맞대고 앉아 있어도 편치 않았다. 행여 손님에게 방해될세라 아내는 목소리를 낮추었지만, 아이들을 꾸짖는 소리는 문풍지 사이로 바람과 함께 흘러 들어왔다. 늦은 밤이면 더욱 조심스러워, 목소리를 낮추는 것은 방 안에 있는 사람들도 마찬가지였다.

추운 겨울날에는 칼바람이 그대로 몸에 감겨들었고, 쌓였던 겨울 눈이 녹기라도 하면 썩은 초가지붕에서 누런 물이 흘러내렸다. 얼었다 녹은 자리에서도 누런 물이 배어 나와 앉아 있는 손님들 옷을 누렇게 물들이기도 했다. 나는 나대로, 손님은 손님

* 출타 | 집에 있지 아니하고 다른 곳으로 나감.

82

대로 딱한 일이 아닐 수 없었다.

보다 못한 벗들이 가진 것을 조금씩 내어 서재를 지어 주자는 의논을 한 듯싶다. 얼마 전, 백탑 아래 사는 또 다른 벗 서상수의 집에서 꽤 많은 책들이 서적상*으로 실려 나갔다는 소리를 들었다. 이제 보니 그가 아끼던 책들이 마당에 부려 놓은 나무가 되어 내 집으로 찾아온 모양이다. 다른 벗들도 모두 넉넉한 형편이 아니니, 저 속에는 그들의 책도 제법 들어 있을 것이다.

"이곳의 일은 저 사람들에게 맡겨 두고, 저희 집으로 가시지요."

고개를 떨어뜨리고 생각에 잠겨 있는데, 유득공이 내 팔을 끌었다. 일꾼들은 어느새 부지런히 땅을 고르며 굵은 재목들을 손질하고 있었다. 돌아가는 형편을 눈치챈 아이들은 환한 표정으로 그 주위를 빙빙 돌아다녔다.

자그마한 서재 한 채를 짓는 데는 그리 오래 걸리지 않았다. 하늘도 궂은 인상 한 번 쓰지 않았고, 부드러운 오월 바람은 몇 번이고 흙벽을 쓰다듬으며 단단하고 매끈하게 만들어 주었다.

그달이 다 가지 않아 내 집 마당에는 새로운 집 한 채가 자리를 잡았다. 방 하나가 전부인 건물이지만, 새로 올린 지붕의 풀 냄새가 향긋하고 종이로 바른 흙벽이 벗들의 마음처럼 은은하고 정겨웠다.

마침내 서재가 완성된 날, 벗들이 내 집에 모여들었다. 아내는 모처럼 조촐한 술상을 차려 내었다. 집을 짓는 틈틈이, 밤새워

바늘을 놀려 가며 애써 마련해 둔 것이리라. 여기에 벗들이 저마다 들고 온 꾸러미를 펼쳐 놓으니 잔칫상이 따로 없었다. 여전히 서로 무릎을 맞대고 앉아야 할 만큼 좁은 방이었지만, 나에게는 온 세상을 차지한 것처럼 넓기만 했다. 태어나 처음으로 나만의 편안한 공간을 얻게 된 감격에 울먹울먹 속이 일렁여서 그런지, 그날따라 술기운이 빨리 올랐다.

벗들은 청장관이라는 나의 호를 따서, 새로 지은 서재에 '청장서옥'이라는 이름을 붙여 주었다. 처음으로 갖게 된 온전한 나만의 공부방이자, 두런대는 벗들의 목소리가 끊이지 않는 우리의 사랑방이기도 했다.

《책만 보는 바보》 (보림, 2005)

※ 이 글은 조선의 실학자 이덕무에 관심이 많은 지은이가 그와 관련된 자료를 재구성해 쓴 것입니다. 여기에서 '나'는 이덕무를 가리킵니다.

● 서적상 | 책을 파는 장사. 또는 그런 장수.

1 벗들이 아끼던 책을 팔아 이덕무의 집 마당에 서재를 만들어 준 까닭은 무엇인가요?

2 자신이 아끼던 물건을 팔아서라도 도와줄 정도로 친한 친구가 있는지 말해 보세요.

친구들의 느낌은? ··

친구는 이런 게 아닐까 싶다. 내색하지 않고 그저 친구를 위해 나를 좀 더 벗겨 내는 것. 불평하지 않고 묵묵히 이해해 주었던 이덕무의 친구들. 그 아름다움은 조그만 서재에서 나오는 나무 향기와 맞물려 더 커질 것이다. _박정서

자신을 위해 공부방을 지어 준 친구들에 대한 고마운 마음을 잘 표현하고 있다. 내게도 자신을 위해 아껴 둔 책을 내줄 친구가 있으면 좋겠다. _조현정

새옹지마? 새옹지우!

박경철

영양 할아버지가 병원에 오셨다. 영양 고추를 말려서 빻은 오리
지널 영양 고춧가루를 정말 한 말은 넘게 가지고 오셨다.

"이거 농사진 고추니더. 병원 김장할 때 쓰이소."

할아버지는 고춧가루를 전해 주시고는 하회탈처럼 웃으신다.
할아버지는 앞니가 많이 없으셔서 영락없는 하회탈 모습을 하고
계신다.

"내가 얼매나 더 살지는 몰라도 지금 사는 거는 개평˚아잉교."

영양 할아버지는 한두 달쯤 전에 우리 병원에 오셨다. 영양에
서 농사를 지으시는데, 집에서 키우는 소가 어느 날 들이받아서
우측 갈비뼈가 네 개나 부러지고, 폐 속에 피가 차는 '폐혈흉'이
되었던 할아버지다. 그래서 가슴을 조금 절개하고 호스를 집어
넣어 피를 빼내지 않으면 안 되었다. 그나마 피가 그렇게라도 멈
추면 다행인데 고인 피를 빼내고도 피가 멈추지 않으면 '개흉'˚
을 해서 피가 나는 곳을 묶어야 했다.

어쨌든 할아버지는 병원으로 오시면서 화가 나서 계속 "망할

노무 소 잡아묵어 뿌려야지."라고 하셨단다. 할아버지는 많은 연세에도 불구하고 국소마취를 하고 가슴에 구멍을 내는 수술을 잘 참으셨다. 그러나 얼마나 화가 나셨는지 수술을 하는 동안에도 계속 "망할 노무 소새끼, 내 집에 가면 당장 잡아묵어 뿌린다."라고 중얼거리셨다.

그런데 그로부터 이틀 후 수술을 했던 친구가 아침에 할아버지 가슴 사진을 들고 내 방으로 들어왔다.

"야, 이거 봐라. 피 고인 거 다 빠졌는지 알아보려고 가슴 사진을 찍었는데 좌측 폐에 뭐가 보인다."

자세히 보니 좌측 가슴에 폐암으로 의심되는 덩어리가 보였다. 우리는 즉시 흉부 시티촬영을 해 보았다. 아니나 다를까 역시 폐암이었다. 부랴부랴 대구 동산병원에 연락을 취해 놓은 후에 다음 날 바로 할아버지를 후송했다. 그러니까 할아버지는 갈비뼈가 부러진 채로, 혈흉으로 인한 호스가 그냥 박힌 채로, 졸지에 폐암 수술까지 받게 된 것이다.

그런데 그로부터 열흘 후 동산병원에서 진료 회신서가 날아왔다.

"폐암 1기. 수술 부위 경계 면에 암세포가 발견되지 않았음. 주변 조직으로 전이 없음."

• 개평 | 노름이나 내기 따위에서 남이 가지게 된 몫에서 조금 얻어 가지는 것.
• 개흉 | 가슴 속의 장기를 수술하기 위해 가슴을 가르는 일.

원래 폐암은 대부분 수술을 하나 마나 한 병이다. 폐는 조직이 연질*이고 혈관이 발달해 있어서 일단 암이 걸리면 몇 달 내에 빠른 속도로 전이가 되어 버린다. 때문에 극적으로 초기에 발견된 경우(제1기)를 제외하고는 수술을 해도 구명*하기가 가장 어려운 암 중 하나다. 그런데 할아버지가 다행히 1기라는 것이었다. 만약 소뿔에 받치지 않았다면, 내년 초쯤이면 벌써 말기 암 환자가 되어 계실 일이었다.

그날 이후로 영양 할아버지는 '새옹지마' 아니 '새옹지우'의 대표적인 사례로 우리들 사이에 몇 번이나 화제가 되었는데, 드디어 '짠!' 하고 건강한 모습으로 나타나신 것이다. 할아버지는 못내 우리에게 고마워하셨지만, 사실 우리가 잘한 건 하나도 없었다. 폐암은 정말 우연히 사진에 나타난 것이고, 의사라면 누구나 그렇게 판단했을 일이다.

할아버지는 연신 고맙다면서 면구스러울 만큼 계속 인사를 하셨다. 그러나 이러한 행운은 일생을 순박하게 사신 할아버지를 우신*이 도와주신 것이 분명하다.

"어르신, 그런데 그 소는 어떻게…… 잡아 잡수셨니껴?" 하고 사투리로 농을 드렸더니, 할아버지께서는 다시 하회탈처럼 웃으시면서 "아유— 아들 삼았니더." 하신다.

이렇게 병원이란 울다가 웃다가, 슬프다가 기쁘다가 하는 곳이다. 영양 할아버지 덕분에 병원 분위기는 화기애애해졌다. 또한 직원들과 환자들은 영양 고추 덕에 올 한 해 김장 김치를 아주 맛있게 먹게 생겼다.

"새옹지우, 어떻게 생각하시니껴?

《시골의사의 아름다운 동행 1》 (리더스북, 2011)

* 연질 | 부드러운 성질. 또는 그런 성질을 가진 물질.
* 구명 | 사람의 목숨을 구함.
* 우신(牛神) | 소가 죽어서 된다는 귀신.

1 할아버지가 잡아먹으려던 소를 아들로 삼은 까닭은 무엇인가요?

2 이 글에 나오는 '새옹지마' 고사가 어떤 내용인지 알아보고 정리해 보세요.

친구들의 느낌은? ....

어쩌면 그 소가 그동안 키워 준 할아버지의 은혜를 갚기 위해 일부러 들이받아서 폐암을 알린 것이 아닐까? 하는 생각이 든다. 소를 아들 삼았다는 할아버지의 마지막 말이 기억에 오래 남을 것 같다. _김민주

나쁜 일이 좋은 일이 될 수도 있고, 좋은 일이 나쁜 일이 될 수도 있는 것 같다. 하지만 그렇게 되면 좋은 일이 있어도 꼭 기뻐할 수도 없는 것 아닌가? _박수현

그때 그 도마뱀은
무슨 표정을 지었을까

도종환

일본 도쿄올림픽 때, 스타디움 확장을 위해 지은 지 3년 되는 집을 헐게 되었다. 인부들이 지붕을 벗기려는데 꼬리 쪽에 못이 박힌 채 벽에서 움직이지 못하는 도마뱀 한 마리가 살아서 몸부림을 치고 있는 것이었다.

3년 동안 도마뱀이 못 박힌 벽에서 움직이지 못했는데도 죽지 않고 살아 있다는 것은 참으로 신기한 일이었다. 사람들은 원인을 알기 위해 철거 공사를 중단하고 사흘 동안 도마뱀을 지켜보았다. 그랬더니 하루에도 몇 번씩 다른 도마뱀 한 마리가 먹이를 물어다 주는 것이었다.

이 두 도마뱀은 어떤 사이였을까?

물론 우리는 알 수 없다. 부모와 새끼의 관계일 수도 있고 서로 사랑하는 사이일 수도 있고 그저 한곳에 모여 살던 동료일 수도 있으리라.

그러나 우리는 상상해 본다. 오래전부터 그곳에 살아오던 도마뱀 동네에 언제부터인가 사람들이 들어와 땅을 파헤치고 나무를 베어 내고 요란한 기계 소리를 내며 어마어마한 집을 짓기 시작했을 것이다.

땅이 파헤쳐지고 숲이 무너지면서 죽어 간 도마뱀들도 많았으리라. 도마뱀만이 아니라 들쥐도 다람쥐도 지렁이와 개미도 죽거나 다치고, 밤낮 없는 기계 소리에 놀라 멀리 떠나 버린 도마뱀들도 있고 둥지를 잃은 새들도 있었을 것이다.

그러나 떠날 수 없는 도마뱀과 개구리와 잠자리들도 있었을 것이다. 돌아다녀 봐도 너무나 어마어마한 땅이 다 뒤집혀져서 어쩔 수 없이 그 근처 어디에 몸을 숨겨 살아야 했을지도 모른다.

아마 그 도마뱀도 그런 무리 중의 하나였으리라. 불안과 공포 속에서 그래도 숨어 살 데를 찾아 여기저기 돌아다니다 그만 꼬리가 못에 박히는 끔찍한 경우를 당하게 되었을 것이다.

그 도마뱀은 얼마나 몸부림쳤을까. 몸부림칠 때마다 살을 찔러 오는 고통은 또 얼마나 컸을까. 그 고통으로 몸부림치는 모습을 옆에서 지켜보는 다른 도마뱀은 또 얼마나 마음이 아팠을까.

하루 이틀 닷새 꼬리가 못에 박힌 도마뱀은 오직 살기 위해 몸부림을 쳤을 테고 옆에서 그 아픔을 다만 지켜볼 수밖에 없는 도마뱀은 어쩌지 못한 채 애만 태우고 있었으리라. 말도 할 수 없는 이 미물들은 오직 눈짓과 표정과 몸짓만으로 서로를 쳐다보고 마음을 나누었으리라.

도마뱀은 원래 사람의 손에 꼬리가 잡히면 그 꼬리를 잘라 버리고 도망치는 파충류인데 아마 꼬리를 잘라 버릴 수 있는 상황도 못 되었던 게 분명하다. 죽을래야 죽을 수도 없는 상황이었을 것이다.

그러나 참으로 훌륭한 것은 바로 곁에 있던 도마뱀이다. 사랑하는 도마뱀이 받는 고통을 바라보면서 그 도마뱀이 살아 보려고 몸부림치다 절망할 때 어딘가로 가서 먹을 것을 물어 왔다. 그리고 입으로 건네주면서 무슨 표정을 지었을까. 절망하지 말라고, 살아야 한다고 말은 할 수 없었지만 어떤 눈짓, 어떤 표정이었을까.

어쩌면 고통과 절망 속에서 처음엔 먹을 것을 거부하며 팽개쳐 버렸을지도 모른다. 그러나 다시 또 어딘가로 가서 먹을 것을 구해다 입에 넣어 주는 그 도마뱀을 보면서, 너를 버릴 수 없다는 그 표정, 나만 살기 위해 네 곁을 떠날 수 없다는 그 몸짓, 그걸 믿으면서 운명과 생의 욕구를 받아들이면서 얼마나 가슴 저렸을까.

그렇게 하루에도 몇 번씩 위험을 무릅쓰고 먹을 것을 구해다 주면서 함께 살아온 지 3년. 그 도마뱀은 다시 못을 박았던 사람들에 의해서 자유의 몸이 될 수 있었다.

어두운 지붕 밑에서 두 도마뱀은 함께 사랑하고 함께 고통을 나누고 고통 속에서 서로 안고 잠이 들곤 하였을 것이다.

그 3년은 얼마나 길었을까.

《그때 그 도마뱀은 무슨 표정을 지었을까》(사계절, 2002)

1 여러분이 못에 박힌 도마뱀처럼 아무런 노력도 할 수 없을 만큼 어려운 상황에 처했을 때, 도와줄 사람이 누가 있을지 말해 보세요.

2 자유의 몸이 된 도마뱀은 3년 동안 자신을 도와준 도마뱀과 어떤 대화를 나누었을지 생각해 보세요.

친구들의 느낌은? ....

가슴이 짠하다. 꼭 슬픈 다큐멘터리를 읽은 느낌이다. 조그만 도마뱀 두 마리에게는 3년이란 시간이 얼마나 길었을까? _배도민

남보다 내가 우선인 요즘 시대에 사랑하고 함께 고통을 나누고 서로 의지하며 살아가야 할 필요성에 대해 고민하게 한다. _최수진

인간들이 그들만의 터전을 만들고 점점 발전해 가는 것은 인간에게는 좋은 일이다. 그러나 동물에게는 너무도 잔인하고 이기적인 행위다. _노혜빈

차도르에 대한
두 가지 이해 방식

정다영

이슬람 여성[*]이 혼자서 여행한다는 것은 상상도 못하지요. 남편과 함께 여행을 나선 이란 여성이 같은 호텔에 있어서 우리는 그들과 가끔 마주칠 기회를 갖게 되었습니다. 저에겐 그 여성이 호기심과 관찰의 대상이었지요. 한번은 옆 테이블에서 식사를 하고 있었는데, 입을 가린 천을 밥 먹을 때까지도 그대로 착용하고 있는 것이 아니겠습니까! 도대체 어떻게 밥을 먹으려는 건지 궁금하지 않을 수 없었지요.

그런데 뭐, 간단하더군요. 음식을 입에 넣을 때 재빨리 천을 들어 올려서 먹고 다시 내리는 것이었습니다. 맛있는 밥을 저렇게 먹으면 도대체 무슨 맛이 있을까 안타까웠어요. 저렇게 하루만 살아도 정신이 이상해질 것 같았습니다.

처음 보는 광경이라 신기하기도 하고 기가 막히기도 해서 빤

---

[*] 이슬람 여성 | 이슬람교를 국교로 삼은 나라들이나 문화권에서 태어났거나 그곳에 살고 있는 여성.

히 쳐다보고 있었더니 부모님께서 '민망해 하니 자꾸 보지 말라' 고 핀잔을 주십니다. 요조숙녀인 내 눈에도 이렇게 안쓰럽게 보이는데, 자유분방하게 자란 서양 여성들이 인권 탄압이라는 둥 하는 말을 안 할 수 있겠습니까.

그런데 제가 여행을 통해서 안 것은, 이슬람의 모든 국가가 이러한 것은 아니라는 점입니다. 이집트나 요르단은 이란이나 이라크와는 많이 달라서 히자브°를 두르고 안 두르고는 여성의 자유입니다. 터키는 히자브를 금지하고 있을 정도입니다.

문제가 되는 곳은 과격한 근본주의로 무장한 탈레반 정권하의 아프가니스탄이었죠. 그곳의 여성은 아예 천으로 온몸을 덮어 버립니다. 남성들이 그렇게 요구하기 때문이죠. 몸은 그렇다 치더라도 눈 부분까지 그물망으로 가리는 겁니다. 이걸 '부르카'라고 부른다지요.

인권 단체는 이러한 아프가니스탄 여성의 부르카 착용을 금지하라는 운동을 벌이고 있습니다. 여성으로 태어난 것이 이렇게 구속받아야 할 이유가 될까요. 그런데 김영희 교수님이 쓴 글 〈아프가니스탄 여성: 이미지와 현실〉(《창작과비평》 2002년 가을호)을 읽으면서 아프가니스탄 여성에 대한 이러한 이미지도 결국 서구인들의 창조물임을 알고 큰 충격을 받았어요.

그럼 우리나라는 어떨까요?《이슬람의 힘》의 저자 권삼윤 아저씨는 우리 한국 여성을 꼬집고 있는데, 내 몸은 내 것이라고 하면서 남에게 보여 주기 위해 다이어트니 성형수술을 하며 몸

매 가꾸기에 온갖 정성을 쏟는다는 것입니다. 이란은 이러한 서구식 생활 방식을 '성의 상품화'라고 비판합니다. 어떻게 생각하세요? 딱 잘라서 아니라고 말할 수는 없을 것 같네요. 우리의 모습을 정확히 잘 꼬집은 말이라 생각됩니다. 그 책에 소개된 한국의 한 이슬람교도 여성은 차도르*에 대해 이렇게 말합니다.

차도르를 착용하면서부터 나는 내 몸이 완전히 내 것이 됨을 느꼈다. 이제야 나는 다른 남성들이 내 육체가 아닌, 내 내면을 진지하게 받아들이고, 그로 인해 나를 존중하고 함께 의견을 교환하고 있음을 느낄 수 있다. 눈에 보이는 육체가 너무나 많은 것들을 방해하고 있다는 사실도 이제야 알았다.

어쩌면 진정 자신의 몸에 대해 자유로운 것은 이슬람 여성인지도 모릅니다. 제가 말하고자 하는 것은 부르카나 차도르의 착용이 옳다는 것이 아니라 그저 외모에서만 아름다움을 찾고자 하는 뭇 여성들보다 자유로울 수 있다는 것이죠.

제가 늘 못마땅하게 여기는 것 중의 하나가 바로 외모 지상주

• 히자브 | 이슬람 여성들이 머리와 상반신을 가리기 위해 쓰는 쓰개.
• 차도르 | 이슬람 여성들이 외출할 때 머리에서 어깨로 뒤집어쓰는 네모진 천으로, 신체 대부분을 가린다.

의랍니다. 제 주변에도 잘생기고 예쁘면 전부인 것으로 아는 친구들이 꽤 많거든요. 면접 준비 코스에 성형수술이 있다는 것은 도대체 어느 나라에 있는 일입니까! 어찌 되었든, 차도르의 착용이 다른 시각에서는 이러한 의미도 가진다는 것을 잊지는 말아야 할 것 같군요.

아무튼 베일에 싸인 아랍 여성들을 가까이서 보니까 그들은 피부가 약간 가무잡잡한 미인들이더군요. 특히 눈이 매력적인데, 아랍 여성의 속눈썹은 여성이면 누구나 부러워할 정도로 엄청나게 길거든요. 아랍 여성이 신비하게 보이는 것은 바로 이 긴 속눈썹 때문일 것입니다.

그런데 이 긴 속눈썹이 사막 기후에서 먼지나 모래 등이 눈에 들어가는 것을 방지하기 위해 자연스럽게 생겨난 것이라는 설명을 듣고 참으로 그럴듯하다고 느꼈습니다. 필요가 공급을 창출한 것이지요.

아빠와 언니는 재작년 티베트와 실크로드를 여행하였는데, 티베트 사람은 거의 예외 없이 모자를 쓴다고 합니다. 모자는 가만히 서 있을 수 없을 정도로 따가운 태양 아래서 그늘 역할을 하는 실용품이라는 것이죠.

유심히 살펴보면 이슬람 여성들의 히자브에도 패션이 있고, 요르단 여대생들의 차도르 안쪽으로는 서구 여성 못지않은 유행이 흐릅니다. 차도르 속의 여성 옷은 엄청나게 화려하니까요. 그리고 가정에서는 여성이 아주 자유스럽다고 합니다. 《코란》*은

'여성의 장'을 별도로 두면서까지 여성에 대한 배려를 아끼지 않는다고 하고요. 단지 겉으로 보이는 모습만으로는 그 진실을 찾기가 힘들다는 사실을 다시 한 번 깨닫게 되었답니다.

《다영이의 이슬람 여행》(창비, 2003)

• 《코란》| 이슬람교의 경전.

1 이 글에는 차도르를 착용하는 것에 대해 서로 다르게 보는 견해가 나옵니
  다. 그 두 견해가 어떻게 다른지 정리해 보세요.

2 우리나라에도 외국인과 결혼하여 다문화 가정을 이루는 경우가 많지만, 다
  른 나라나 민족의 문화에 대한 편견 또한 많습니다. 그러한 편견에는 어떤
  것이 있는지 말해 보세요.

친구들의 느낌은? ....

옷 때문에 이슬람 여자들은 항상 갇혀 있고 답답하게 보여서 보수적이고 봉건적이라고 생

각했다. 하지만 이슬람 사람들이 그들의 방식대로 사는 것은 틀린 것이 아니라 다른 것일

뿐이다. _이소영

다른 문화에 대한 편견을 가지면 안 된다는 것을 깨닫게 되었다. 우리가 나쁘게 생각하는

차도르가 진지하게 내면을 들여다보는 수단이 될 수도 있기 때문이다. _김은경

100

숫돌

류영택

칼을 가는 김씨 아저씨의 뒷모습을 보고 서 있으니 두려움이 밀려왔다. 그것이 무엇인지 정확히 알 수 없으나 아저씨의 등에는 쉽게 다가갈 수 없는 기운이 서려 있었다. 나는 꼼짝도 못하고 그 자리에 서 있었다.

김씨 아저씨가 처음 큰집에 일을 하러 왔을 때 나는 소가 무서운지 사나운 개가 무서운지 모를 나이였다. 뒤뚱 걸음을 떼고 사람을 알아볼 나이가 됐을 때 등이 굽고 머리가 하얗게 센 김씨 아저씨가 큰집에서 일을 하고 있었다. 사람들은 김씨 아저씨를 '김상'이라 불렀다. 남의 집 머슴살이하는 사람을 '김공'이라 부르기도 뭣하고 쉰 살이 넘었지만 장가도 가지 않은 사람을 택호를 따서 부를 수도 없었다. 어쩔 수 없이 일본식 호칭으로 불렀던 것 같다.

아저씨가 일자리를 구하러 마을에 왔을 때 선뜻 일을 시키겠다고 나서는 사람이 없었다. 머슴으로 일하기에는 나이가 많은데다 아저씨의 초라한 행색과 어딘가 모르게 조금 모자라는 듯 보였기 때문이다. 마을 사람들은 제 발로 찾아온 사람을 차마 내쫓지는 못하고 서로 떠넘기듯 지나가는 말로 저쪽에 있는 집을 찾아가 보라고 했다.

아저씨는 몇 집을 거쳐 큰집을 찾았다. 할아버지는 일을 시켜 달라며 찾아온 아저씨를 사랑채 담벼락 밑에 놓여 있는 숫돌 앞으로 데리고 갔다.

"날을 세워 보게."

할아버지는 김씨 아저씨 등 뒤에 서서 낫을 가는 모습을 지켜 봤다. 할아버지의 평소 지론이 숫돌에 낫 가는 모습을 보면 농사꾼의 됨됨이를 안다는 것이다.

숫돌 중앙에 낫을 갖다 대고 깐작거리면 소가지*가 좁고 인내심이 없다. 밭 한 고랑을 못 매고 자리에서 일어나 먼 산을 본다. 오래 심부름을 못한다.

자리에 앉기 바쁘게 낫을 가는 사람은 성질이 급하다. 밭에 쟁기질을 할 때 서둘다 땅 밑에 청석*이 있는 줄도 모르고 보습* 부숴 먹을 사람이다. 애꿎게 소만 잡는다.

아저씨는 숫돌에 물을 끼얹고 낫을 들었다. 한쪽 눈을 지그시 감고 날을 살폈다. 물이 숫돌에 스며들었다 싶을 때 다시 물을 끼얹었다. 아저씨는 숫돌 앞부분에서 끝부분까지 스윽 밀고 당겼다. 할아버지는 그 모습을 보며 고개를 끄덕였다. 아저씨의 낫 가는 모습은 마치 전쟁에 나가는 장수가 칼을 가는 것 같은 결연함이 보였다. 할아버지는 더 이상 아무것도 묻지 않았다.

소문으로만 듣던 그 이야기를 내가 확인한 것은 여남은 살 먹었을 때였다. 하루는 사촌 형이 집게 칼로 자치기 공을 다듬고 있었다. 내가 가지고 있는 것과 꼭 같은 칼이었다. 내 칼은 나무를 깎을 때 날이 무디어 나무껍질만 벗겨졌다. 속살을 깎으려고 하면 껍질과 속살 사이의 미끄러운 막에 칼날이 미끄럼을 타기 일쑤였다. 하지만 형의 칼은 너무나 잘 들었다. 그렇게 야물다는 대추나무를 별로 힘들이지 않고 깎았다. 엄지손가락으로 칼등에 지그시 힘을 줄 때마다 얇은 나뭇조각들이 마치 쟁기에 흙이 갈아엎이듯 돌돌 말려진 채 깎여졌다. 무엇보다 마음에 들었던 건 나무를 많이 깎아도 날이 무디어지지가 않았다. 나는 사촌 형의 칼이 잘 드는 것은 큰집 숫돌이 좋아 그런 거라고 생각했다.

삽짝 옆 감나무 밑에 놓여 있던 큰집 숫돌은 다른 집 숫돌보다 두어 배나 컸고 색깔도 거무스름했다. 나는 큰집 숫돌이 무서웠다. 곡선을 그리며 스윽 내려가 휘어져 오른 숫돌 면을 보면 저절로 침이 꿀꺽 삼켜지고, 숫돌 옆에만 가도 몸이 당겨 갈 것만 같았다.

하루는 큰맘 먹고 숫돌 앞에 앉아 칼을 갈고 있었다. 언제 왔던지 김씨 아저씨는 칼을 가는 내 엉덩이를 툭툭 걷어찼다. 아저

* 소가지 | 타고난 마음씨를 속되게 이르는 말.
* 청석 | 화산재 따위가 굳어져 만들어진 푸른빛 암석.
* 보습 | 땅을 갈아 흙덩이를 일으킬 때 쓰는 농기구.

씨는 숫돌 버린다며 커다란 눈알을 부라리고 나를 노려봤다.

아저씨는 무뚝뚝한 성격이라 평소 남들과 친근감도 없었다. 어른도 김상, 아이들도 김상, 나도 따라 김상 아저씨라 불렀다. 나는 지지 않고 대들었다. 숫돌에 칼 가는데 뭐가 잘못됐느냐며 씩씩거렸다. 아저씨는 내 손에 들려 있던 칼을 뺏어 들고 칼날을 살폈다.

아저씨는 아무 말없이 숫돌에 물을 적시고는 칼을 갈았다. 나는 분에 못 이겨 어깨를 들썩거리며 아저씨의 등 뒤에 서 있었다. 아저씨는 양손으로 집게 칼을 잡고 스윽 쓱 밀었다. 그 모습은 마치 여물 써는 작두날을 세우는 것처럼 동작이 컸다. 나는 속으로 웃었다. 자그마한 집게 칼을 양손으로 가는 모습이 미련 곰탱이처럼 보였다. '나처럼 한 손으로 끌쩍이면 될 텐데, 저렇게 폼을 잡고 난리고.' 나는 그때까지 반발심이 남아 있었다.

그런데 시간이 지날수록 분을 삭이지 못해 들썩이던 어깨가 잦아들고, 어느새 칼을 가는 아저씨의 등이 자꾸만 크게 다가왔다. 아저씨의 널쩍한 등이 앞으로 밀려갔다 제자리로 올 때면 풀무질*을 하듯 '헉' 내 숨을 가로막았다. 아저씨는 어른들이 생각하는 것처럼 만만한 사람도 아니고, 친구들이 말했던 것처럼 모자라는 사람도 아니었다. 칼 가는 아저씨의 등줄기에 무엇이 내려앉은 듯 자꾸만 내 가슴을 옥죄어 왔다. 나는 그런 내 모습을 누가 알아차릴까 봐 한쪽 다리를 들어 디딤 다리에 감았다 풀었다 반복하며 몸을 뒤틀었다. 곁눈질을 하며 땀이 배어 나오는 끈

적끈적한 손바닥을 바지에 문질렀다.

아저씨는 칼을 내밀었다. 칼을 받아 드는 순간 나는 너무나 감격했다. 시퍼런 칼날을 나무에 갖다 대기만 해도 그냥 잘릴 것 같았다. 세상을 다 얻은 듯했다. 나는 고맙다며 절을 꾸뻑했다. 아저씨는 평소 성격대로 통명스럽게 말을 했다.

"숫돌에 칼 갈기만 해 봐라!"

나는 더 이상 말대꾸를 하지 못했다. 이야기로만 듣던 상머슴*의 칼 가는 모습을 그날 처음 보았다.

그날 김씨 아저씨의 칼 가는 모습에 주눅이 든 나는 아저씨가 너무나 위대해 보여 말도 붙이지 못했다. 그 후 아저씨가 낫을 갈고 있으면, 기술을 익히기 위해 주머니에 든 칼을 만지작거리며 주위를 빙빙 돌았다. 그러다 아무도 없는 틈을 타 아저씨와 같은 동작으로 칼을 갈았다. 나는 칼 가는 재주가 없었던지 늘 옥갈고* 말았다.

아저씨를 이야기할 때는 낫과 숫돌을 빼고 이야기를 할 수가 없다. 아저씨는 정말 숫돌을 아꼈다. 낫도 아꼈다. 마치 선비가 벼루와 붓을 아끼듯.

그날 나를 두려움에 사로잡히게 했던 것은 무엇이었을까. 칼

---

* 풀무질 | 불을 피울 때에 풀무로 바람을 일으키는 일.
* 상머슴 | 일을 잘하는 남자 머슴.
* 옥갈다 | 칼이나 낫 따위의 날을 비스듬히 세워 갈다.

을 스윽 밀고 갔다 제자리로 돌아올 때 숨이 막히도록 했던 건 무엇일까. 가끔 아저씨를 생각할 때마다 그 무엇에 대해 나 자신에게 반문했다. 칼을 잘 갈아서, 동작이 커서, 아니면 서슬 퍼런 칼날 때문에? 오랫동안 내 머릿속에 자리 잡았던 그 의문을 성인이 되고서야 깨닫게 됐다.

어떤 직업을 가졌든 무슨 일을 하든 매사에 자신의 일에 최선을 다하는 사람, 열정을 쏟는 사람은 자신도 모르게 그 일에 미치게 된다. 그런 사람에게는 아무나 쉽게 범접할 수 없는 기가 서려 있다.

그날 내가 봤던 것은 그 사람의 등이 아니라 등에 서린 기를 본 것이다. 아저씨는 작은 집게 칼을 갈아도 커다란 작두칼에 날을 세우듯 최선을 다하셨다.

내 마음에 숫돌 하나를 들여놓는다. 작은 칼에 혼을 불어넣던 김씨 아저씨를 생각하며 '주어진 일에 최선을 다하자.' 나태해진 마음을 다잡는다.

'그러니 이날 이때까지 칼을 옥갈지.' 그런 정신 상태로는 아직도 멀었다는 듯, '윙' 귓가를 스쳐 가는 바람 소리가 퉁명스런 김씨 아저씨의 목소리처럼 들린다.

《수필 세계》 2008년 여름호 (수필세계사, 2008)

1 할아버지가 나이도 많고 행색도 초라한 김씨 아저씨를 일꾼으로 받아들인 까닭은 무엇인가요?

2 글쓴이가 칼을 가는 김씨 아저씨에게 주눅이 들고 두려움까지 느낀 것은 무엇 때문이었는지 말해 보세요.

친구들의 느낌은? ···

지금 우리 사회에서는 '대충'의 성향이 있다. 그런 우리 사회의 모습을 비판하고자 이 글을 쓴 것은 아닐까. 예전의 백화점 붕괴 사건도 건물을 짓는 과정에서 대충하려는 생각과 돈만 벌면 된다는 생각을 가진 사람들 때문에 일어난 것 같다. 이런 성향은 우리 청소년도 예외가 아니다. _류현민

소록도의 감

김범석

"선생님 바쁘세요?"

진료실 문이 빠끔히 열리더니 정씨 할머니가 들어왔다.

"선생님 감 좋아하세요? 감 좀 잡숴 보라고 조금 가져왔어요."

할머니가 쑥스러워 하면서 감이 잔뜩 담겨 있는 커다란 검은 비닐봉지를 꺼냈다. 비닐봉지를 여러 개 가져오셨는데, 봉지마다 마취통증과 선생님 드릴 것, 마을 간호사 줄 것, 물리치료실 줄 것 등 주인이 있었다. 한참을 망설였지만 나는 얼굴이 벌게져서 결국 감을 받을 수가 없었다.

이곳 소록도에는 감이 많다. 길을 지나가다 보면 감나무가 참 많은데, 요즘에는 가을이 파랗게 여물어 가면서 주황색 감이 익어 가고 있어 감나무마다 감 풍년이 들었다. 거리거리마다 감나무에는 감이 넘쳐났다.

"요즘 감나무에 감이 잘 익었던데, 감을 따도 되는 거예요?"

"그럼요. 특별히 임자 있는 감나무는 아니니까 다 따 드셔도

돼요. 많이 드세요."

아직 섬 사정에 어두운지라 감을 따도 되는지 물어보니 우리 외래 간호사님이 웃으면서 말했다.

그 뒤로 날씨 좋은 주말마다 감을 따러 다녔다. 도시 생활만 하던 나는 태어나서 처음 감을 따 본 것이었는데, 생각보다 감이 아주 맛있었다. 무엇보다도 내가 직접 감을 따서 먹는다는 사실이 무척 신기했다.

대나무 장대에 바구니를 연결하여 감을 따고, 그 자리에서 잘 익은 홍시를 먹으면 맛있다 못해 뿌듯하기까지 했다. 감 따는 재미에다가 공짜로 이렇게 맛있는 감을 실컷 먹을 수 있다니……. 게다가 이상하게도 감나무에 아무도 손을 안 대서 제일 최상품의 감을 딸 수 있었다. 재미 삼아 한두 번 하다 보니 감 따는 것에 완전히 재미가 들렸다. 출퇴근을 하다가도 길거리의 감나무만 눈에 들어왔다.

'저 감들은 아직 안 익었으니 다음 주쯤 따면 되겠군.'

'어라, 저기에도 감나무가 있었네.'

'저 감나무는 홍시네. 다른 사람이 따 가기 전에 오늘 따야겠다.'

욕심 많은 나는 감이 매달려 있는 것을 보면 참지 못했다. 다 먹지도 못할 거면서 감을 따고 또 땄다. 이미 내가 먹을 만큼 충분히 다 따고, 베란다에 상자로 저장해 놓았으면서도 길을 걷다 보면 감나무만 계속 눈에 들어왔다. 아주 맛있었다.

"간호사님, 여기 감 정말 맛있는 것 같아요. 요즘 감 따는 재미에 푹 빠졌어요. 근데 우리 환자분들은 감을 별로 안 좋아하시나봐요. 감나무마다 감이 그대로 있어요."

"여기 환자분들은 손이 불편해서 감을 못 따요. 간혹 자원봉사자분들이 하루 날 잡아서 감을 따 주는데, 그러면 마을 사람들이 모여서 그 감을 먹곤 해요."

한 방 맞은 것 같았다. 그랬다. 그 풍성하고 먹음직스럽게 열린 감나무에 아무도 손을 안 댄 것이 이상했는데, 환자들의 손가락이 범인이었다. 환자들이 유난히 감을 싫어해서가 아니라, 손가락이 없어 감을 따지 못하는 것이었다. 말 그대로 못 먹는 감 쳐다만 보는 신세였다. 그것도 모르고 나는 발자국이 없는 눈 위를 처음 걷는 것처럼 신나서 최상품의 감들만 골라서 딴 것이다. 열심히 감을 따면서 환자들에게 줄 생각은 한 번도 못 한 채, 내 집 베란다에 상자째 저장해 놓기만 바빴다.

손가락 없이 산다는 것은 생각보다 불편하다. 조금만 생각해 보면 불편할 것이라는 것을 금방 알 수 있는데도, 우리는 내 손가락이 열 개니까 내가 불편하지 않으면 남들도 불편하지 않으리라 생각하며 관심 없이 지낸다. 관심이 없으면 생각을 못 하게 되고, 생각을 못 하면 배려도 못 하게 된다. 남들의 불편함을 느낄 여유조차 없이 내 것 챙기기에 급급하며 살아간다.

"선생님 감 좋아하세요? 감 좀 잡숴 보라고 조금 가져왔어요."

나는 얼굴이 벌겋게 달아올라서 정씨 할머니가 내미는 한 봉
지의 감을 받을 수가 없었다. 나는 부끄러웠다. 나는 감나무에
열린 남의 감을 보며 내가 가지고 싶어 안달이 나 있는데, 우리
환자들은 남에게 주고 싶어 안달이 나 있었다.

《천국의 하모니카》 (휴먼앤북스, 2008)

1 글쓴이가 간호사의 말을 듣고 충격을 받은 까닭은 무엇인가요?

2 평소에는 힘들이지 않고 할 수 있었는데 몸이 아파 할 수 없는 일이 있었다면, 그때의 경험을 말해 보세요.

친구들의 느낌은? ···

'배려'라는 단어가 얼마나 아름다운 것인지 모른다. 남을 조금이라도 배려한다면 우리의 삶은 많이 달라질 것이다. 자신의 이득만 챙기기 바쁜 요즘에 서로 배려하며 사는 게 어떨까 싶다. _○○○

초등학생 때 팔이 부러져서 수술을 한 적이 있었다. 정말 많이 불편했었다. 부모님께서 도와주지 않으면 아무것도 할 수 없었기 때문이다. 내게는 아무것도 아닌 일이 남에게는 정말 어려운 일이 될 수도 있다는 걸 알게 됐다. _권용환

세상은 척박해졌다. 자기 혼자 먹고살려고 열심히 노력한다. 하지만 주위의 불우 이웃은 결코 도와주지 않는다. 나도 사실 평소에는 불우 이웃은 안중에도 없다. 이 이야기를 보니, 장애인들이 얼마나 많은 무관심 속에 살아가고 있는지 이해할 수 있었다. _김재현

지름길은 없다

임요환

어느 날 발레리나 강수진 씨의 발 사진을 보게 됐다. 무대 위에서 도도한 아름다움을 뽐내는 그녀의 발은 날 경악하게 했다. 발가락들이 굳은살로 기이한 모습을 하고 있었다. 발가락이 그렇게 되도록 그녀는 추고 또 추고 또 춤추었던 것이다. 발가락이 뭉개지고 피가 철철 날지라도 그 아픔을 참아 내면서 눈물을 삼키면서 다시 연습했을 것이다. 지겨운 반복, 피나는 반복만이 그녀를 세계적인 발레리나로 만들었다.

내 손을 바라봤다. 너무나도 편안해 보이는 내 손가락이 오히려 부끄러워졌다. '그래, 손가락이 움직이지 않을 때까지, 더 이상 손목을 움직일 수 없을 때까지 연습하는 거야.' 프랑스의 화가 르누아르는 손가락을 움직일 수 없게 되자 손에 붓을 묶은 채 그림을 그렸다고 하지 않는가. 나는 다시 컴퓨터 앞에 앉았다. 세상에서 가장 보기 흉한 손가락이 될 만큼 연습할 것을 결심했다.

2003년 가을 MBC게임 팀 리그를 앞두고 우리 팀은 초긴장

상태였다. 동양제과와의 재계약이 난항 속에 백지화되면서 우리 팀은 새로운 스폰서가 필요했다. 우리는 반드시 우승해야 했다. 다행히 우리 팀은 결승전까지 올라갔고 남은 것은 우승컵을 가져올 수 있도록 최선을 다하는 것만 남았다. 감독님은 선수들에게 각각 게임 수를 정해 주고 연습을 하도록 했다. 감독님은 내 성적이 부진했다는 것을 알고 계셨던 탓인지, 내가 게으르다고 생각했던 탓인지 가장 많은 게임 수를 할당해 주셨다. 하루 동안 도저히 해낼 수 없는 게임 수였다. 그러나 나에게 주어진 이상 팀이 가장 어려운 상황에서 주장인 내가 못 해낸다면 후배들이 따라올 리 없었다.

난 연습을 시작했다. 12시간이 지나자 온몸이 뻐근해지기 시작했다. 20시간이 넘어서자 정신이 멍해지면서 잠이 쏟아졌다. 24시간이 지나자 손가락이 움직이질 않았다. 정말 기계적으로 손가락을 움직이고 있을 뿐 감각이 없었다. 감독님이 정해 주신 게임 수를 모두 채운 것은 30시간이 지난 후였다. 30시간 동안 꼬박 잠도 안 자고 연습만 한 것이다. 손목이 더 이상 움직이질 않았다. 난 그대로 쓰러져 깊은 잠에 빠졌다.

결국 우리는 우승했다. 나뿐만이 아니라 우리 팀원들 모두 나와 같이 어마어마한 시간 동안 연습을 한 결과였다.

게임을 좋아하는 친구들이 프로게이머가 되겠다고 찾아오는 경우를 종종 볼 수 있다. 난 그들에게 다시 한 번 생각하라고 권한다. 정말 하고 싶은 일은 직업으로 삼는 게 아니라고 충고도 한다. 물론 나는 게임을 좋아해서 선택했다. 하지만 그만큼 포기해야 할 것들이 많았다.

프로게이머에게는 게임을 하기 싫을 때도 해야만 하는 순간이 있다. 게임을 그저 취미로 생각하며 좋아했다면 프로게이머 생활을 절대 견딜 수 없었을 것이다. 프로게이머에게 게임은 전부다. 취미이자 의무이다. 프로게이머가 게임을 한다는 것은 노동을 하는 것과 같다. 놀 때도 게임을 해야 하고 쉴 때도 게임을 해야 한다. 팀에 소속되어 있다면 외출조차도 자유롭게 하지 못한다. 팀을 위해서 사생활을 어느 정도 포기해야 할 각오가 있어야한다. 나도 또래의 친구들처럼 가끔 영화도 보고 술도 마시면서, 조금은 편안한 시간을 보내고 싶었던 적도 많았다. 나도 사람인데 세상에 재미있는 것이 어디 게임뿐이겠는가.

하지만 프로게이머라면 이 세상에서 가장 재미있는 것이 게임이어야 하고 유일하게 재미있는 것이 게임이어야 한다. 그걸 견디지 못하면 어느 날부턴가 머릿속에는 '이거 하고 싶은데……, 저거 하고 싶은데…….' 놀 궁리로 가득 차게 된다. 결국 게임을 하기 싫어지게 되고 연습도 제대로 되지 않는다. 양쪽으로 달리는 말을 동시에 잡고 있을 수 없다는 사실을 깨닫게 되는 순간이온다. 나도 놀고도 싶고 게임의 '황제' 자리를 계속 지키고도 싶었다. 둘 다 가질 수 없다는 것을 잊고 있었다. 나는 어느 한쪽을 선택해야만 했다. 선택해야 한다면 내 대답은 분명하다. 프로게이머로서의 삶. 그것이 내 전부다.

　슬럼프에 빠지는 것은 연습이 소홀하기 때문이다. 따라서 슬럼프에서 탈출하는 방법 또한 연습뿐이다. 난 처음부터 다시 시작해야 했다. 게임 스타일도 내가 원했던 스타일 그대로, 전략으로 승부했던 그때로 다시 돌아가야 한다. 그 전략은 누구보다 많은 연습의 산물이다. 누가 가장 끈기 있게 연습을 하느냐가 성공의 열쇠인 것이다.

　지름길을 찾는 사람은 진정한 프로가 아니다. 최고의 프로게이머가 되는 지름길은 정녕 없다.

《나만큼 미쳐 봐》 (더난출판사, 2004)

1 글쓴이가 프로게이머의 세계에서 '황제'가 될 수 있었던 까닭은 무엇인가
  요?

2 앞으로 여러분의 삶을 걸고 해 보고 싶은 일이 무엇인지 말해 보세요.

친구들의 느낌은? ·····

난 아직 열다섯 살이다. 하고 싶은 것도 많고 호기심도 많은 사춘기 소년이다. 부딪혀 보
고, 깨져 보고, 둘러 둘러 세상을 살아 보는 것도 재미있으리라. 성공을 위한 지름길로만
간다면 너무 지루하고 따분하지 않을까? 하지만 세상은 그리 녹록지 않다. 내가 얻고자
하는 것이 있다면 그것을 위해서는 한 치의 양보도 없이 끝없는 노력과 인내심을 투자하리
라. _서현민

임요환은 '피아노 자판'이라는 이름으로 키보드 두드리는 동영상이 있을 만큼 실력도 좋고
팬들에게 사랑도 받는다. 하지만 그의 그런 명성 전에는 피나는 노력이 있었다. 그러나 나
는 이때까지 한 번 해 보고 안 되면 바로 좌절하곤 했다. _손준호

남자라고 미용사
못 하라는 법도 없더라

3

재 뿌리기

오한숙희

희록이는 몇 년째 공주병에 걸려 있다. 그 증세는 변화무쌍하다. 다섯 살 때 증세는 빈혈이었다. 저녁에 들어온 내게 아이는 왕자 역을 부탁했다.

"내가 공주고, 엄마는 왕자라구."

"알았어. 얼른 시작해."

내 말이 떨어지기가 무섭게 아이는 픽 쓰러졌다.

"아— 음."

신음 소리.

공주 겸 연출자가 쓰러진 지라 나는 액션이 뭔지를 몰라 가만히 서 있었다.

"아휴, 엄마가 나를 빨리 안아야지."

백설 공주의 왕자처럼 들어올리란 거였다. 내키지 않았지만 들어올렸다. 그런데 연출자는 다시 내게 짜증을 냈다.

"나한테 공주우우우……, 그래야지."

"공주."

그러자 희록이는 신음에 이어 기운 없는 목소리로 말했다.

"아—, 왕자님."

아쭈, 요것 봐라. 나는 중화제[*]를 준비했다.

"공주님."

"아니 공주님이 아니라 공주라구."

분위기에 잔뜩 취해 있던 공주는 신경질을 냈다.

"공주는 왕자님이라고 부르는데 왕자는 왜 공주라고 반말을 하냐, 똑같이 공주님이라고 해야지."

"아니, 왕자님은 공주라고 부르는 거야."

희록이는 나를 믿고 다시 눈을 감았다.

"공주님."

나도 고집을 부렸다.

"나, 안 해."

심통이 나서 희록이는 내 품을 뿌리치고 뛰어내렸다.

"존댓말 써 주는데 왜 화를 내냐?"

"공주님이라고 하면 난쟁이란 말야. 난쟁이가 조그만데 어떻게 공주를 안아? 나 안 놀아."

"그럼 너도 왕자님이라고 하지 말고 왕자 그래라."

"안 돼!"

 ● 중화제 | 서로 다른 성질을 가진 것을 섞어 각각의 성질을 잃게 하거나 그 중간의 성질을 띠게 하는 약품.

"왜 안 돼?"

"왕자가 싫어할지도 모른단 말야."

"너는 공주님이라고 안 해도 싫어하지 않는데 그 왕자는 왜 그
럴까?"

"엄마하고 안 놀아, 인제."

화가 나서 나가는 아이의 등에 대고 말했다.

"공주님이라고 부르는 왕자가 필요하면 다시 와라."

난들 왜 모르랴. 아이들이 보는 만화에서 왕자는 다 공주라 부
르고 공주는 왕자님이라고 부르기 때문인 것을.

그러나 나는 내 딸이 반말을 듣고 존댓말하는 것을 당연시하
게 둘 수는 없었다. 그 '밥'이 뜸 들기 전에 재 뿌려야지.

《딸들에게 희망을》 (가야북스, 2007)

1 희록이가 왕자는 공주에게 반말을 하는 것이 당연하다고 생각하는 까닭은 무엇인가요?

2 글쓴이가 재 뿌리려는 '밥'이 무엇인지 생각해 보세요.

친구들의 느낌은? ....

예전부터 남성이 우월하므로 여성은 집안일을 해야 한다는 편견이 있었다. 그 편견이 아직까지 남아 있는 것이다. 글쓴이는 여성이 스스로 틀을 깨고 일어서기를 바란 것 같다.

_류현민

공주는 왕자에게 '왕자님'이라고 존댓말을 하고, 왕자는 공주에게 '공주'라고 반말을 하는 것은 아이들의 고정관념이다. 희록이의 고정관념은 텔레비전 때문에 생긴 것이라고 생각한다. _정성훈

아버지는 어머니에게 반말을 하는데, 어머니는 아버지에게 반말을 하지 않는다. 이웃집에서도 그런다. 나도 어머니께는 '엄마'라고 하고 반말을 한다. 하지만 아버지께는 존댓말을 한다. 이처럼 우리들에게는 왜 그렇게 쓰는지 모르지만 어느새 굳어져 있는 틀이 많다.

_류성욱

저 먼지가 모두 밀가루였으면

한비야

여기는 쿠차 마을. 세상과는 당나귀가 겨우 지나갈 만한 좁은 길로 연결되어 있어 차로는 갈 수 없는 곳이다. 지금은 건기라 강이 바닥을 드러낸 울퉁불퉁한 돌길을 지나서 험준한 산골 동네에 도착했다. 마을로 걸어 들어가는데, 다섯 살 정도의 여자아이가 땅에서 뭔가를 찾아 겨우 흙만 털고는 게걸스레 입에 넣는다. 그러다 나를 보더니 얼른 손을 뒤로 감추며 수줍게 웃는다. 입 주위에는 시퍼런 풀물이 들어 있다. 먹고 있는 것은 시금치처럼 생긴 야생풀. 신장과 위장에 치명적이고 눈까지 멀게 하는 독초란다. 다행히 아이의 큰 눈은 아직 초롱초롱했다.

"놈 투치에?(이름이 뭐니?)"

"미리암."

"찬 살레이?(몇 살이니?)"

"판 살레이.(다섯 살.)"

미리암을 따라 집에 가 보았다. 깜깜한 방 안에 죽은 듯이 누워 있는 갓난아기. 팔은 말라 비틀어졌고 다리는 꼬챙이보다 더 가늘다. 나오지 않는 젖을 물려 보는 젊은 엄마, 두 살이 넘도록 걷지 못하는 꼬마, 집 앞에 누워 초점 잃은 눈빛으로 죽음을 기다리는 할아버지. 가재도구를 다 팔았는지 방 안에는 옷 몇 가지와 빈 냄비만 덩그렇다.

냄비 안에는 이름 모를 풀이 반쯤 담겨 있었다. 그게 지난 몇 달간 이 여섯 식구의 주식이란다. 다른 먹을 건 없냐니까 미리암이 가느다란 나무뿌리를 가져온다. 내미는 아이의 손바닥이 하얗다. 머리는 누렇게 탈색됐고 배가 유난히 튀어나왔다. 전형적인 영양실조 증세다.

또 다른 집에 가 보았다. 열일곱 살 된 엄마가 축 늘어진 한 살 남짓의 아이를 안고 있었다. 날 때부터 시작된 설사가 멈추지 않는다는 아슈라프는 얼굴이 창백하고 수세미처럼 숱 없는 머리카락에 뼈와 가죽만 남아 꼭 미라 같다. 이 집도 지난 몇 달간 곡기라고는 구경도 못 하고 풀만 데쳐 먹고 살고 있다. 엄마가 먹은 것이 없으니 젖이 나올 리 없다. 이 아기는 태어나서부터 그냥 물만 먹고 살았던 거다. 저 조그만 몸뚱이가 얼마나 괴로울까? 언제까지 견뎌 줄까?

불면 꺼질 것같이 가벼운 아이를 조심스레 안아 보았다. 새털처럼 가볍다. 얼떨결에 내 품에 안긴 아이가 나를 빤히 쳐다본다. 마치 '아줌마는 누구세요?'라고 묻는 것 같다. 내가 누구라고 설명해야 할까.

나는 한국이라는 먼 나라에서 온 아줌마야. 너희들이 여기서 이렇게 굶고 있다는 걸 한국 사람들에게 알려 주려고 온 아줌마야. 너희가 죽지 말았으면 하고 간절히 바라는 아줌마야. 삶과 죽음을 동시에 기다리는 너희를 삶 쪽으로 끌어올리려고 무진장 애를 쓰고 있는 아줌마야.

아이가 눈을 깜빡이며 쳐다본다. 이번에는 이렇게 묻는 것 같다.

'아줌마, 나는 무슨 잘못을 한 건가요?'

네가 무슨 잘못을 했냐고? 세상을 채 2년도 살지 않은 너에게 도대체 무슨 잘못이나 죄가 있겠니. 아니, 생각해 보니 죄가 있구나. 가난한 나라에서 가난한 부모의 자식으로 태어난 죄. 그게 바로 죽을죄였구나.

이 말을 알아들은 것일까? 세상에 태어나서 단 한 번도 배불리 먹어 보지 못한 아이가 이제 고통스러웠던 삶의 끈을 놓으려는지, 눈을 가늘게 뜬 채 가늘고도 밭은 숨을 몰아쉬며 바르르 떤다.

아, 안 돼!

"일주일 내로 식량이 오지 않으면 이 아이는 굶어 죽을 거예요."

그곳 촌장이 말했다. 이 집뿐 아니라 주민 1500여 명이 똑같은 실정이라고 한다. 서부 아프가니스탄 지역 53만 명 대부분이 처한 상황이기도 하다.

문제는 이런 식량난이 앞으로 더욱 심각해질 거라는 사실이다. 비가 오지 않아 지난달 파종한 씨가 전혀 싹을 내지 못했기 때문에 올 겨울까지의 수확이 전무할 텐데, 국제기구들의 구호 식량 공급은 대부분 오는 6월로 종료되기 때문이다. 동네 사람들은 입을 모아 어렵게, 어렵게 말한다. 이제 탈레반이 쫓겨났으니 곧 알라*가 비를 내릴 거라고. 그러면 씨를 뿌릴 수 있을 거라고. 그러니 몇 달만, 첫 수확 때까지만 도와 달라고. 동네를 대표하는 아저씨 백여 명이, 동양에서 온 서너 명의 우리 일행과 흑인 국제 직원 두 명을 마지막 생명줄이나 되는 양 꼭 붙들고 절박하게 애원하는 것이다.

돌아오는 차 안에서 김혜자 선생님이 내 손을 꼭 쥐고, 눈을 똑바로 쳐다보며 다그치듯 말했다.

"한 팀장이 책임지고 이 동네에 먹을 것 좀 갖다 줘. 꼭 그래 줘. 알았지, 알았지?"

통역으로 따라간 현지 직원 소하일도 시골 사정이 이 정도일 줄은 몰랐다며 몹시 충격을 받은 듯 침통해 했다. 그러고는 다짐하듯 나에게 말한다.

"한 팀장님, 약속 하나 해 줘요. 오늘 본 것을 잊지 않겠다고. 저 아이들을 살려 주겠다고."

정말이지 나도 그러고 싶다. 먹을 것을 많이 가져와 저 사람들을 다 살려 내고 싶다. 벼랑 끝에 손끝만 걸고 매달려 있는 이들을 잡아 끌어올려 주고 싶다. 아, 그런 힘이 내게 있기만 하다면……. 마른 강바닥을 달리는 우리 앞의 자동차가 잔뜩 먼지를

---

* 알라 | 이슬람교의 신.

일으킨다. 아, 저 펄펄 날리는 흙먼지가 모두 밀가루라면 얼마나
좋을까!

《지도 밖으로 행군하라》 (푸른숲, 2005)

:: 생각할 거리

1 글쓴이가 펄펄 날리는 흙먼지가 모두 밀가루였으면 좋겠다고 생각한 까닭
은 무엇인가요?

2 굶주리다 못해 목숨을 잃을 정도로 사정이 딱한 사람을 구하기 위해 여러분
이, 우리나라가, 세계가 할 수 있는 일에는 어떤 것이 있을지 말해 보세요.

친구들의 느낌은? ....

제목만 보고 '재미있는 이야기'라고 생각하고 읽어서인지 더 안타깝고 미안했다. 난 좋은
옷을 입고 밥도 꼬박꼬박 다 챙겨 먹으면서도 불평하는데, 가난한 나라에 태어난 아이들은
흙 묻은 독초를 먹으면서도 초롱초롱한 눈과 마음을 잃지 않고 살아간다는 것을 생각하니
내 모습이 창피했다. _이예지

삼촌의 당당한 직업, 미용사

박소현

"어머님, 그러지 마시고 같이 가세요."

"난 안 간다. 너희들끼리 갔다 오너라. 사내자식이 어디 할 일이 없어서 여자들 머리나 만지는 직업을 가지노! 내가 그놈을 얼마나 애지중지 키웠는데 창피스러워서 원!"

우리 삼촌의 직업은 미용사이다. 어릴 적부터 손재주가 많았는데, 결국 사람들 머리를 만지는 직업을 갖게 된 것이다. 미용사로 일할 때 친절하고 솜씨도 좋아서 단골이 많았다. 그러다 삼촌이 미용실을 개업하게 되었다. 그런데 아무리 가자고 해도 할머니께서는 막무가내°이시다. 다른 분들께서 아들 덕분에 머리도 공짜로 하고 얼마나 좋으냐고 이야기하시면 버럭 화부터 내신다.

할머니께서는 삼촌이 미용사라는 직업을 택하신 것을 탐탁지 않게 여기신다. 단지 삼촌이 남자라는 이유만으로……. 예전에는 직업에 남녀 구별이 있었다고 하지만, 최근에는 시내버스를 운전하는 여자 운전사, 높고 험한 산을 정복하는 여자 산악인,

130

아름다운 옷을 만드는 남자 디자이너가 별스러울 것도 없다. 직업에 남녀 구별이 점점 없어지고 있는 것이다. 그런데도 불구하고 할머니께서는 삼촌이 미용사인 것을 부끄럽게 여기신다. 심지어 남들에게는 삼촌이 논다고 하실 정도다. 나는 오히려 남자 미용사가 귀하던 시절에 자신의 적성을 살려 남의 이목˚에 구애받지 않고 미용사를 직업으로 선택한 삼촌이 자랑스럽기만 한데 말이다.

자신의 적성은 무시한 채 남들의 이목에 따라 직업을 선택하는 사람들과 달리 얼마나 당당하고 합리적인 선택인가! 삼촌이 지금이야 이렇게 미용실 개업을 하고 미용사가 되었지만 가부장 문화에 젖어 있는 우리나라에서 삼촌이 미용사가 되기까지의 고생은 말도 못했다고 한다. 좋아서 시작한 일이었지만 육체적인 고통보다는 남자 미용사에 대한 사람들의 선입견이 더 힘들었다고 한다.

"하라는 공부는 안 하고 남자 망신 다 시킨다. 미용이 뭐고? 미용이!"

할머니의 반대 때문에 삼촌은 미용 기술을 몰래 배워야 했고, 어디서 상을 타 와도 당당히 말할 수도 없었다고 한다.

"어머님, 그래도 오늘 같은 날 어머님께서 안 가시면 얼마나

˚ 막무가내 | 도무지 융통성이 없고 고집이 세어 어찌할 수 없음.
˚ 이목 | 주변 사람들의 주의나 관심.

도련님*이 섭섭하겠어요?"

"할머니, 같이 가아."

우리 집에서 할머니의 고집을 유일하게 꺾을 수 있는 사람은 장손인 막냇동생 재석이다. 결국 재석이가 동원되어서야 할머니께서는 못 이기는 척 따라나서셨다. 물론 우리는 차 안에서 "모름지기 여자는 여자에게 맞는 일을 해야 하고, 남자는 남자에게 맞는 일을 해야지!" 하시는 할머니의 강의를 귀가 아프도록 들어야 했지만 말이다.

사실 내 경우도 마찬가지이다. 부끄럽지만 공부를 곧잘 한다는 이유로 커서 뭐가 되고 싶냐는 질문을 많이 받는다. 절친한 친구가 병마와 싸우는 걸 본 이후로 생명공학자가 되는 꿈을 안고 열심히 공부하고 있다.

친구들은 수학, 과학 분야의 공부를 잘하니 훌륭한 생명공학자가 될 거라고 격려해 주는 반면 할머니나 아버지께서는 남자들에게 더 잘 어울리는 그런 힘든 직업보다는 아이들을 가르치는 선생님 같은 조신한 직업을 가지라고 입버릇처럼 말씀하신다. 여자이니까 괜히 설치지 말고 선생님을 하다가 좋은 남편 만나 시집이나 가라는 할머니 말씀을 들을 때마다 가슴이 답답해져 온다.

삼촌의 가게에 도착했을 때, 이른 시간인데도 벌써부터 손님들로 북적거리고 있었다. 오시지 않을 거라고 생각했던 할머니께서 오셔서인지 삼촌은 유난히 즐거워하시며 손님들 머리를 자르고 파마를 하셨다. 삼촌 특유의 친절한 미소로 손님들을 대하는 모습을 지켜보며 나는 '어떤 고정관념으로 직업을 선택하거나, 그 사람이 가진 직업으로 그 사람을 판단해서는 안 된다'는 생각이 절실히 들었다. 섬세함을 요한다는 이유로 오래전부터 여자 직업으로만 생각해 왔던 미용사! 할머니께서 펄쩍 뛰시는 이유 또한 그것, 한 가지이다.

손님들이 모두 나가시고 나자 삼촌은 할머니께 파마를 해 드리려고 했다. 그러자 할머니는 "아서라 아서. 멀쩡한 머리 망치지 말고 됐다. 나는 내 단골 미용실에 가서 할란다." 하시며 거부하셨다. 하지만 결국 삼촌은 능숙한 솜씨로 할머니 머리를 커트도 하고 파마도 하셨다. 남녀의 직업에 대한 고정관념 때문에 괴로웠을 법도 한데 자신이 좋아서 선택한 직업이니만큼 삼촌은 너무나 신이 나서 열심히 일을 하시는 것 같았다. 그런 삼촌의 모습은 다시 한 번 더 직업을 결정할 때는 남녀 구별, 학력, 보수, 명예보다는 자신의 적성과 취미가 중요하다는 사실을 깨닫게 해 주었다.

속으로 망치지는 않을까 불안해 하시던 할머니께서도 완성된 머리를 보시고는 아주 만족스러운 표정이셨다.

"니가 잘하는 것도 있네. 앞으로 밥은 안 굶겠다. 그래도 허구 많은 직업 중에 왜 하필 미용사란 말이고."

• 도련님 | 결혼하지 않은 시동생(남편의 남동생)을 높여 이르는 말.

그냥 잘한다고 칭찬해 주시면 될 텐데 결국 핀잔*을 주시는 할머니이시다. 무슨 직업이든지 맡은 일에 최선을 다하는 것이 중요한데도 할머니께서는 무의식중에 남녀를 구분 짓는 말씀을 불쑥불쑥 하신다.

뿌리 깊은 가부장 문화를 어른들 세대에서는 쉽게 떨쳐 버릴 수 없을지 모르지만 장차 이 나라를 책임져야 할 우리들은 양성 차별에 대한 고정관념을 바꾸어야만 한다. 남자이기 때문에, 여자이기 때문에 하지 못할 일은 없어야 할 것이다. 이젠 학교생활에서는 남녀 차별을 별로 느낄 수 없다. 예전에는 앞 번호는 남자, 뒷 번호는 여자였었는데 요즘은 구분 없이 가나다순으로 번호를 매기고 급식 당번도 똑같이 배정한다. 연약하다고 남학생들에게 무거운 것을 들어 달라고 하지도 않는다. 그리고 어머니는 가정, 아버지는 기술을 배우던 때와 달리 똑같이 앞치마를 두르고 김밥을 만들고 로봇도 만들고 자동차도 만든다. 이런 자연스러운 학습 과정이 우리가 사회에 나갔을 때도 아내를 위해 앞치마를 두르고, 남편의 힘을 빌리지 않고 못질을 할 수 있게 할 것이다.

그날 이후 할머니께서는 언제 그랬냐는 듯이 친구분들에게 삼촌 자랑을 늘어놓느라 바쁘시다.

"남자라고 미용사 못 하라는 법도 없더라. 얼마나 손님이 많은지 우리 아들 머리 만지는 솜씨가 보통이 아니더라. 요즘 학교 졸업하고 취직 못해서들 난리인데……. 미용사 되겠다고 내

속을 그래 긁어 놓더니 요즘은 오히려 그놈이 효자 노릇 한다니까. 허허, 다음에 우리 아들한테 머리하러 가자. 잘해 주라 할 테니……."

할머니의 말씀에서 할머니의 인식이 많이 바뀌었음을 느낄 수 있다. 남녀의 직업에 대한 견해도 바뀌어야만 한다. 남자가 하는 일, 여자가 하는 일을 구분 지을 것이 아니라 중요한 것은 어떤 일을 잘하고 어떤 일을 좋아하느냐일 것이다.

이제 세상이 달라지고 있다. 인터넷의 발달로 언제 어디서든 원하는 정보를 얻을 수 있는 21세기는 능력이 우선시되는 사회이다. 남자냐, 여자냐, 어느 대학을 나왔느냐가 아니라 우리 삼촌처럼 자부심을 갖고 즐기면서 일하는 것이 중요할 것이다. 일을 열심히 하는 사람도 못 당하는 사람이 바로 일을 좋아해서 하는 사람이라고 한다.

학교에서 양성평등의 기회를 누리고 사는 우리들이 사회의 주역이 되었을 땐 남자이기 때문에, 여자이기 때문에 못하는 일은 결코 없어야 할 것이다. 더 이상 어떤 직업을 선택할 때 '남자가 무슨…….' '여자가 무슨…….'이라며 손가락질하는 사회가 아니라 자신의 능력을 맘껏 펼칠 수 있는 그런 사회가 되기를 꿈꾸어 본다.

편견 속에서도 꿋꿋이 자신의 자리를 개척했던 삼촌이 나는

• 핀잔 | 맞대어 놓고 언짢게 꾸짖거나 비꼬아 꾸짖는 일.

너무 자랑스럽다. 고모부처럼 의사가 아니어도, 외삼촌처럼 변호사가 아니어도 자신의 직업에, 현재의 모습에 너무나 당당한 삼촌이 가장 자랑스럽다.

대구경운중학교 교지 《심전(心田)》 제3호 (2007)

1 할머니가 삼촌의 미용실 개업식에 가지 않으려고 한 까닭은 무엇인가요?

2 글쓴이의 삼촌처럼 다른 사람들의 편견을 깨고 당당히 자신의 일을 찾은
   사람들을 찾아보세요.

친구들의 느낌은? ....

결국 중요한 것은 각자의 재능이나 소질을 어느 정도 살리느냐 하는 것인데, 우리나라가
'남자가 무슨', '여자가 무슨'이라며 손가락질하는 사회가 아니라 자신의 능력을 맘껏 펼칠
수 있는 그런 사회가 되기를 꿈꾸어 본다. _손종원

아직도 직업에 대한 편견은 여전히 남아 있다. 남성 미용사와 여성 산악가가 사회에서 특
별한 사람으로 여겨지지 않기를 바란다. _김형수

토고가 이겼대도 좋았겠다

김선우

토고와의 월드컵 축구 경기가 있던 밤이었다. 세계지도를 펼쳐
놓고 토고를 찾았다. 아프리카 어딘가에 있다는 작은 나라 토고.
'어딘가'라는 막연함이 지도 위의 구체적 지시 공간으로 나타났
을 때, 왜였을까, 날카로운 것에 베인 것처럼 마음이 아팠다.

　토고는 가나와 베넹 사이에 일자로 그려 놓은 눈금 하나처럼
지도 위에 있었다. 가나는 우리에게 얼마간 익숙하지만 베넹이
라는 나라도 눈에 설기는 토고와 매한가지. 토고를 중심으로 한
나라씩 짚어 가던 내 손가락이 자꾸 느려졌다. 토고의 동쪽 아래
로 콩고, 르완다, 앙골라 등의 아픈 이름들이 눈에 들어왔고 서
쪽으로 바싹 붙어 있는 가나, 코트디부아르, 라이베리아, 시에라
리온이 보였다. 지구 상의 나라들 중 평균수명이 가장 짧다는 시
에라리온. 평균수명이 30세 안팎이라는 시에라리온에서 아이들
세 명 중 한 명은 다섯 살이 되기 전에 죽어 간다고 했던가. 식량
사정과 질병도 문제지만 내전으로 인한 죽음이 큰 원인이라고
했다. 토고는 그 이름을 발음하는 것만으로도 기이한 슬픔을 자

아내게 했던 시에라리온의 인근 나라였고 서부 아프리카에 있었다. 아프리카의 고통을 말할 때 늘 떠오르곤 하는 수단, 에티오피아, 소말리아 등과 함께 오랜 기아와 가난, 정치적 불안과 내전으로 신음하는 나라들 속의 토고.

어디나 그렇지만, 아프리카 역시 몇 마디 말로 요약되기 어려운 곳이다. 내가 잠시 둘러보았던 아프리카는 내 관념이 기대했던 것들을 가차 없이 뒤집어 버리기 일쑤였고, 전혀 뜻밖의 지점에서 두근거리는 대지의 힘을 느끼게 하기도 했다. 〈동물의 왕국〉이 환기하는 원시의 자연과 야생의 생명력을 꿈꾸게 하는 그 대륙에 이보다 더할 수 있을까 싶은 황폐한 황무지들이 존재한다. 야생의 동물들은 빠르게 사라지고 황무지는 계속 자라나고 있다. 세계에서 가장 가난한 나라들이 모여 있는 대륙이자 기아, 질병, 가뭄, 에이즈 등으로 요약되는 구호 대상으로만 바라보기엔 다양한 원주민들이 지닌 삶에 대한 낙천성과 예술적 기질, 일상에 밀착한 싱싱한 생명의 느낌은 또 얼마나 강렬한 것이었는지.

아프리카 지도를 들여다보고 있으면 슬픔을 느낀다. 슬픔만큼 치욕을, 또 그만큼한 분노를 느낀다. 자를 대고 그은 듯한 직선에 가까운 국경들. 서방 제국들이 그들의 편의대로 식민지 영토를 분할하면서 아프리카의 무수한 종족, 부족, 종교, 문화적 전통의 다양성을 무시하고 일방적으로 그어 놓은 국경들 때문에, 아프리카는 지금까지도 다종·다기한 요구가 파생시킨 내전과 분

쟁으로부터 자유롭지 못하다. 아프리카를 피폐하게 하는 분쟁과 내전의 기원에는 제국의 지배 역사가 초래한 폭력적인 국경의 기획이 있다. 아프리카의 국경선을 보는 슬픔은 해방 정국 미국과 소련이라는 제국에 의해 그어진 우리의 삼팔선이 그렇듯 피억압 민중의 슬픔을 상징적으로 웅변하며 약소자의 역사를 향한 연민과 연대의 소망을 갖게 한다. 토고도 1차 대전 이전엔 독일, 이후엔 영국과 프랑스에 점령되었다가 1919년 영국-프랑스 협정으로 영토가 분할되고, 1960년 프랑스령인 토고공화국으로 독립했다고 한다.

아프리카의 식량 위기와 가난을 심화시키는 가뭄과 사막화의 배후에는 무차별적으로 삼림을 착취해 간 1세계의 이기적 탐욕이 존재한다. 빵 덩어리와 폐차 직전의 고물차 따위를 적선하듯 베푸는 것으로 황폐의 진원이 달래지지 않는다는 것. 가뭄과 기근으로 아프리카의 아이들이 굶어 죽어 갈 때 그 아이들의 죽음이 우리 양심의 죽음이기도 하다는 것을 자꾸 잊으려 한다.

우리가 이겨서 참 좋았다. 그런데 개인적으로는 토고가 이겼어도 의미 있었을 거라는 생각이 든 밤이었다. 토고의 아이들이 얼마나 좋아할까. 어려웠던 시절, 베를린 올림픽의 마라톤에서 우승한 손기정 선수가 피억압 조선 민중들에게 자존과 자긍심의 좁은 통로를 열어 주었듯이, 어려운 시절을 견디고 있는 토고 민중들에게도 좋은 소식 하나쯤 있어 줬어도 좋았겠다 싶다. '우리'라는 말을 많이 쓰는 계절. 우리는 누구일까. 내가 이곳에 태어나지 않고 저곳에 태어났다면 저곳이 나의 우리였을 것이다. 이생 다음의 생에 내가 어디에서 태어나게 될지 우리는 지금 모른다. 세계지도를 펼치면 보이는 무수한 국경들은 힘의 역사 속에 구획된 슬프고 부끄러운 감옥은 아닐까. 확실한 것은 우리가 지구라는 별에 함께 살고 있는 사람들이라는 것뿐. 약자의, 소수자의, 아픈 자의, 고난 속의 이들과 나누는 연민과 연대의 마음을 통해서만 이 별에 평화가 올 것임을. 사랑이 많은 여름밤들이 넓고 깊어졌으면 좋겠다.

《우리 말고 또 누가 이 밥그릇에 누웠을까》 (새움, 2007)

1 글쓴이는 왜 우리나라가 이기는 대신 토고가 이겼어도 좋았을 것이라 생각 했나요?

2 우리나라와 토고의 역사에서 비슷한 점을 찾아 말해 보세요.

친구들의 느낌은? ....

가난한 아프리카의 한 나라에게 기쁜 소식을 전해 주기 위해, 그들이 이겼어도 자존심 상하지 않고 기뻤을 거란 생각을 한 우리나라 글쓴이가 자랑스럽고 존경스럽다. _도지연

단지 힘이 없다는 이유로 강대국의 식민지로 지내며 그 존재조차 잘 알려지지 않았던 세월, 억압받고 힘들었던 그곳 사람들도 우리와 함께 지구에서 살아가고 있으며 자신들의 행복을 찾을 권리가 있다. _박슬예

마음 한구석이 시려 왔다. 글쓴이의 말대로 '토고가 이겼대도 좋았겠다.' 하는 생각을 했다. 당시에는 우리나라가 이겨서 정말 좋았다. 하지만 그만큼 더 실망하고 슬퍼했을 토고인들을 생각하니까 정말 미안하다. _최효정

아름다운 판결문

고도원

충남 연기군의 한 임대 아파트에 칠십대 노인이 한 분 살고 계셨다. 노인은 아내를 잃은 뒤 동네 아파트 공사장 막노동으로 생계를 유지하며 힘겹게 지내 왔다. 그 막노동 자리마저 '늙었다'는 이유로 밀려나게 되자 이제는 봉사 단체가 베푸는 무료 급식에 끼니를 의지해야 했다. 소한, 대한의 추위 속에서도 난방은 방한 군데밖에 하지 못했고 그것도 밤에만 잠깐 틀며 지냈다.

그런 노인에게 어느 날 퇴거 요청 통지서가 날아왔다. 법 절차를 잘 몰랐던 것이 문제였다. 중병에 걸린 아내와 함께 이 임대 아파트에 들어올 때 대소변조차 가리지 못하는 아내를 한시도 떨어지지 못하고 간호하느라 딸이 대신 계약을 해 줬는데, 그 딸이 자기 이름으로 계약하고 아버지가 살도록 한 것이 문제였다. 실제 계약자인 딸이 무주택자가 아니므로 집을 비워야 한다는 것이었다.

노인은 소송 끝에 1심에서 패소했다. 그러나 항소심 재판에서 노인은 희망을 되찾았다. 판결문은 이렇게 노인의 손을 들어 줬다.

······ 계약은 딸 명의로 맺었지만, 이는 병든 아내의 수발을 위해 자리를 뜨지 못한 피고를 대신해 딸이 계약을 맺는 과정에서 법 지식 부족으로 벌어진 실수로 판단된다. 피고는 이 주택 임차를 위해 본인의 돈으로 보증금을 내고, 실제로 이 주택에 살았다. 피고는 사회적 통념상 실질적인 임차인으로 충분히 생각될 수 있으니, 법적으로도 임차인으로 보는 것이 공익적 목적과 계획에 맞는 해석이라고 생각한다.

사실 법조문으로만 따지면 노인이 설 곳이 없었다. 그러나 판결문은 또 이렇게 말하고 있다.

······ 가을 들녘에는 황금물결이 일고, 집집마다 감나무엔 빨간 감이 익어 간다. 가을걷이에 나선 농부의 입가엔 노랫가락이 흘러나오고, 바라보는 아낙의 얼굴엔 웃음꽃이 폈다. 홀로 사는 칠십 노인을 집에서 쫓아내 달라고 요구하는 원고의 소장에서는 찬 바람이 일고, 엄동설한에 길가에 나앉을 노인을 상상하는 이들의 눈가엔 물기가 맺힌다. 우리 모두는 차가운 머리와 따뜻한 가슴을 함께 가진 사회에서 살기 원한다. 법의 해석과 집행도 차가운 머리만이 아니라 따뜻한 가슴도 함께 갖고 하여야 한다고 믿는다······.

이 판결문을 접하게 된 사람들은 인터넷을 통해 바이러스처럼

이 훈훈한 소식을 전해 나갔다. 뜻밖의 판결과 온기를 담고 있는 판결문이 인터넷을 통해 번져 나가고, 판결문을 작성한 판사에게도 인터뷰 요청이 쇄도했다. 그 판사는 기자의 질문에 "소외 계층에 대한 배려 없이 법 조항을 기계적으로 적용하는 것은 지혜롭지 않다고 믿는다"고 자신의 소신을 전했다.

원본을 구해 읽어 본 후 나는 그가 어떤 꿈을 가지고 있으며, 어떤 꿈 너머 꿈을 가지고 있을지를 생각해 보았다.

'내가 판사가 되면 억울한 약자의 눈물을 닦아 주겠다.'

이것이 그의 꿈 너머 꿈이 아니었을까?

그런 꿈 너머 꿈이 있었기에 그토록 아름답고 따뜻한 판결문이 나올 수 있지 않았을까?

《꿈 너머 꿈》(나무생각, 2007)

※ 당시 판결문을 작성한 판사는 대전고법 민사 3부 박철 부장판사입니다.

1 판사가 법대로 하면 재판에서 질 수밖에 없는 노인의 손을 들어 준 까닭은 무엇인가요?

2 법에서 정한 대로 판결하지 않은 판사에게 사람들이 환호한 까닭이 무엇인 지 생각해 보세요.

친구들의 느낌은? ···

법이나 재판을 떠올리면 차갑고, 매섭고, 무서운 느낌이 난다. 그래서 법은 어디에서나 지 켜져야 하고, 법에는 예외가 없는 줄로만 알았다. 하지만 판사는 노인의 형편을 생각해서 따뜻한 판결을 했다. 법에도 배려가 필요하다고 생각했던 것이다. _이원재

이런 이야기를 퍼트려 알려 준 사람들도 정말 잘했다고 생각한다. 왜냐하면 퍼트리지 않았 다면 이런 일이 수필로 남지 않았을 것이기 때문이다. 아무튼 나도 커서 이런 훌륭한 사람 이 되면 좋겠다. _배준석

천사 같은 사람들

이란주

처음에는 별스럽지 않은 일이었다. 한 중국 동포 아저씨가 보증금 100만 원에 월세 24만 원짜리 방에 살다가 이사 나왔는데 보증금을 못 받았다고 했다. 보증금이 100만 원이지만 월세 못 낸 것과 세금을 빼면 60만 원 정도 될 텐데, 금액은 작지만 좀 받도록 도와 달라고 했다. 왜 보증금도 못 받고 그냥 나오셨냐니까, 이 아저씨는 기가 차다는 듯이 '픽' 웃더니 "그 집 아주마이가 좀 별스러워요."라고 했다.

"어느 날인가 비가 와서 일을 못 나갔는데, 그 며칠 전인가가 내 생일이었어요. 내 친구들이 한 일고여덟쯤 모였지요. 내 방에서 술도 마시고 여럿이 왔다 갔다 하니까 주변이 좀 시끄러웠겠지요. 그러다 잘 먹고 놀다가 다들 나가는데, 주인 아주마이하고 시비가 붙었어요. 주인 아주마이가 나와서는, 웬 사람이 이렇게 많으냐고 그럽디다. 그러면서 손님들에게 싫은 소리를 막 했어요. 손님 중 하나한테 '화장실을 저렇게 더럽게 해 놨으니 청소하고 가라.'고 했어요. 그래서 내가 나서서 '손님에게 어떻게 청소를 시켜요. 내가 하지요.' 하고는 그냥 내가 했어요. 그런데도 이 아주마이가 우리 친구들한테 막 잔소리를 했어요. 너무 하데요. 그래, 그걸 못 참고 대문 밖으로 나갔던 친구 하나가 아주마이한테 말했어요. '아주마이는 형제 친구도 없소. 정 그러면 방 빼주면 될 거 아니요!'라고 했지요."

그 얼마 후에 만기가 되어 방을 빼게 되었는데, 주인은 '당신 친구가 나를 모욕했으니 그 친구를 데려와서 사죄를 시키지 않는 한 보증금을 못 주겠다.'고 하더란다. 여러 번 찾아가고 전화도 해서 죄송하다고 했지만 계속 같은 이야기를 하며 돈을 안 줬다. 아저씨는 그렇게까지 할 일이 아닌데 너무하는 것 같다고 했다. 아저씨는 "우리가 중국 동포라고 얕잡아 보고 무시하는 것 같네요."라고 말하며 씁쓸하게 웃었다.

나는 그 주인집에 전화를 해 어찌 된 일인지 확인했다. 그 주인 아주머니의 주장은 이랬다.

"거기가 뭐 하는 단체인지 모르겠지만 우리가 피해자예요. 당신들이 제대로 일을 하려면 이쪽 저쪽 말을 다 듣고 피해자 편을 들어야 하는 것 아니겠어요? 우리가 그 사람들 때문에 얼마나 많은 피해를 입었는지 몰라요. 혼자서만 지낸다고 방을 계약하더니 웬 친구들이 그렇게 많이 찾아오는지 모르겠더라구요. 친구들이 모여 술도 자주 마시는 데다가 한밤중에 문을 잘못 찾은 사람이 한번은 우리 현관문을 쾅쾅 두드리기도 하고, 웬 여자들도 그리 많이 왔다 갔다 하는지. 그 사람들 풍습이 어떤지는 몰라도 예의가 없어요. 또 손님이 오면 마당이며 화장실을 보통 지저분하게 해 놓는 게 아니라구요. 마당에 가래침 뱉는 것은 일쑤고 웃통도 벗고 다니더라니까요. 그날도 난 별말 안 했어요. 그 친구라는 사람이 주제넘게 나서서 글쎄, 대문 밖으로 나가서 동네 사람들 다 들으라고 소리소리 질렀다구요. 나는 그 사람 때문에 동네 망신 다 떨었어요. 나는 이 동네에서 집 가지고 세 놓으면서 오랫동안 살았는데 이런 망신은 내 생전 처음이라구요. 돈을 안 주겠다는 것이 아니에요. 나는 그런 일에 확실한 사람이에요. 그러나 친구 데려와서 사죄하지 않으면 절대 못 줘요. 우리 아저씨는 누구라고 이름만 대면 다 아는 사람이에요. 나는 억울하고 화가 나서 그 사람들 이야기만 나오면 부들부들 떨려요. 내가 인격적으로 무시를 당했기 때문에 나는 꼭 사죄를 받아야겠어요. 만약에 사죄 안 하면 명예훼손으로 소송이라도 걸 거예요."

사건의 요지는 간단했지만 거기에 얽힌 감정의 타래는 복잡하기 짝이 없었다. 동포에 대한 무시와 차별, 거기에 대한 반발까지 겹쳐 도저히 풀어내기 어려운 상태였다. 며칠을 두고 설득 작전을 폈는데도 도대체 씨가 안 먹히니 어떻게 달래야 할지 모르겠다.

차라리 친구를 데려가서 사죄하고 보증금을 받아 내면 되지 않겠느냐고 할지 모르지만 그것도 그리 간단하지 않았다. 아저씨도 편들겠다고 나섰던 친구에게 그런 부탁을 한다는 것은 자존심이 허락하지 않는 듯이 보였다. 또 그 집 주인 양반이 무척 높은 자리에 있다는데 사과한다고 갔다가 경찰이라도 부르면 어쩌겠냐고 난감해 했다. 물론 그 집에서는 우리가 그럴 사람으로 보이느냐고 펄쩍 뛰었다.

결국 설득하여 돈을 받아 내기는 어렵겠다는 생각이 들었다. 그래서 나는 집주인에게 "명예훼손에 대한 소송을 하고 싶으면 그렇게 하세요. 그래도 보증금을 먼저 주셔야 되니까, 보증금 지급과 명예훼손 소송은 따로 생각하셔야 합니다. 계속 돈을 안 주면 우리도 보증금반환청구소송을 할 수밖에 없습니다."라고 말했다.

주인 아주머니는 '일방적으로 그쪽 편만 드는 것이 잘하는 짓이냐.'고 언성을 높였다. 그러더니 결정적인 이야기를 했다.

"나는 당신이 말하면서 자꾸 그 사람들이랑 우리를 똑같은 사람으로 취급하는 것 같아 아주 불쾌해."

"사람이 다 똑같은 거지, 같고 다르고 할 것이 뭐가 있습니까?"

"아니, 우리가 왜 그 사람들하고 똑같아요?"

주인 아주머니는 심하게 화를 내며 부들부들 떨더니 그냥 전화를 끊었다.

잠시 후에 그 남편이 전화를 해 왔다. 본인은 육군본부에 있는 아무개라고 소개를 하고는 처음에는 아주 점잖게 시작했다. 그러나 결국엔 "우리가 얼마나 점잖고 고상한 사람들인데, 그 사람들하고 똑같이 취급을 하는 거요? 당신이 뭔지 몰라도 참견하지 말고 빠져. 빠지고 그놈들 보내. 그놈들 보내라고!"하며 핏대를 올렸다.

다음엔 한 경찰이 전화를 해 왔다. 나와는 평소에 안면이 있는 이였다. 그 경찰은 내게 중국 동포 아저씨 이름을 대며 아는 사람이냐고 묻더니 집주인들을 역성들었다. 조금 후엔 무슨 정부 조직의 높은 자리에 있다는 사람이 전화해서 또 그 이야기를 했다.

"그 집주인들은 내가 잘 아는 사람들인데, 인격이 훌륭한 분들이에요. 거기서 잘 몰라서 그러는 것 같은데, 아주 천사 같은 사람들이라구요. 그런데 그 중국 사람들하고 똑같이 대접하면 되겠습니까?"

그 다음에 통화한 복덕방 주인은 한술 더 떴다.

"아, 입장을 바꿔서 생각해 봐. 당신이 주인 같으면 주겠나. 세들어 사는 것들이. 아, 그것도 중국에서 그냥 와서 있는 것들이 말이여. 세든 사람도 아니고 그 친구라는 것이 뭐라고 욕을 하고 떠들었다는데, 와서 빌어야 주지 그냥은 안 준대, 그 집주인이. 그런데 그것들이 와서 빌면 되지. 거기가 어디여, 상담소까지 찾아가서 지랄들이여."

돈이야 재판을 해서 받아 내면 되겠지만 상처 받은 마음을 어떻게 쓰다듬어야 할지 암담했다. 나는 보이지 않는, 그러나 무척 높고 두터운 벽을 대하고 있었다. 그 '천사 같은 사람들'은 도대체 왜 외국인에게 그처럼 마음을 닫아걸고 있는 것일까. 사람 사는 풍습은 지역마다 다르고, 나라마다 다르다. 그 '다름'으로 인

해 때로는 불쾌한 일이 생길 수도 있겠지만, 싫더라도 인정해야
만 서로 평화로운 관계를 유지할 수 있지 않을까……. 그나마 중
국 동포들 처지가 이 정도인데 그 외 3국의 외국인 노동자들의
처지는 어떠할까.

아직 멀었나 보다. 차이를 인정하고 서로 존중하는 세상이 오
려면. 남에 대한 배려는 없이 나만 대접받으려는 마음, 군림하려
는 마음, 못 가진 자를 무시하는 마음, 무엇이든 자신의 지위로
짓눌러 해결하려는 마음, 우리 가족, 우리 나라, 우리 민족만 잘
살면 된다는 마음을 걷어 낼 날은…… 아직도 멀었나 보다.

《말해요, 찬드라》 (삶이보이는창, 2003)

1 집주인 부부와 세든 중국 동포가 다투게 된 진짜 이유는 무엇인가요?

2 집주인 부부는 '천사 같은 사람들'이라고 불리지만, 글쓴이는 그렇게 생각
하지 않습니다. 왜 그런 차이가 생겼는지 말해 보세요.

친구들의 느낌은? ....

겉으로는 자비롭고 선한 행동을 해도 가장 가까운 이웃에게 외국인이라고 차별을 한 사람

들, 이들은 착한 척하는 위선자다. _정하민

학교에서 몸이 불편한 친구를 만나면 뒷담화는 예사로 하며, 심지어는 면전에다 대고 깔

보는 경우가 수도 없이 많다. 이렇게 차별하는 것은 말로만 하는 동정에서 비롯된 것이다.

_임민규

하루 동안

이안선

부시럭부시럭…….

오늘도 어김없이 시계가 울리기 전에 일어난다. 학교에 가기 전에 해야 할 일이 많기 때문이다. 엄마가 교통사고로 병원에 입원하신 지 한 달이 다 되어 간다. 그래서 내가 엄마가 하시던 일을 아빠와 나누어 하고 있다.

또 어김없이 아빠께서 부르신다. 오빠 깨우란 소리와 설거지하라는 소리다. 투덜거릴 틈도 없다. 오빠 깨우고 설거지하고 밥해 놓고……. 오빠를 밥 먹여서 학교에 보내야 하기 때문이다. 나도 학교에 가야 하지만 밥 먹고 내가 설거지할 동안 아빠께서는 마루에서 담배를 피우신다. 오빠는 빈둥거리며 학교 갈 준비나 하고 있다. 오빠 학교 가고 나도 학교 갈 준비를 한다. 오빠가 좀 일찍 일어난다면 내가 이렇게 힘들지 않을 텐데……. 정말 남자가 뭔지…….

학교에 갔다 오면 항상 집이 어질러져 있다. 오빠 짓이다. 벌써 갔다 왔나 보다. 내가 늦게 오긴 했지만 먹은 흔적이란 흔적은

다 남겨 놓았다. 정말 이런 모습을 보면 어디서부터 치워야 할지 모르겠다. 잠시 멍해져 있다가 다시 제정신으로 돌아오면 어안이 벙벙한 상태로 치우기 시작한다. 매번 그렇다. 어지르는 건 오빠고 치우는 사람은 나다. 거기다 아빠 친구분들까지 오시면 난 기절한다. 오빠는 치우는 것도 나보다 잘하고 요리도 나보다 잘하는데, 왜 항상 치우는 건 나인지……. 아, 짜증 나려고 한다. 오빤 남자란 이유로 치우려고 하지 않으니……. 나 참 미칠 노릇이다.

저녁 먹을 때가 훨씬 지났다. 다 치우고 나니 아빠가 들어오시고 또 밥상을 차려야 한다. 너무 피곤해서 아빠께서 반찬 꺼내실 동안 잠시 앉아 있었다. 내 예상대로 아빠는 잔소리를 퍼부으신다.

"여자가 되어 가지고 아빠가 반찬 꺼내면 와서 도와야지. 뭐가 잘났다고 앉아 있어. 네가 뭘 그렇게 많이 했다고. 여자가 그래 가지고 되겠나……."

정말 이 소리가 싫다. 여자가 어쩌고저쩌고……. 여자가 뭘 어쨌는데 이렇게 고생을 해야 된다는 건지……. 여자가 그렇게 심한 죄라도 지었나? 왜 여자와 남자는 다른 대우를 받아야 하는 건지 짜증 날 뿐이다. 이런 일은 여기서 끝나지 않는다.

저녁 시간은 내가 제일 싫어하는 시간이다. 오빠는 컴퓨터 하는 중이고 나는 내 방을 치우는 중이다. 깨끗한 방을 보면 너무 기분이 좋다. 그런 내 마음을 망치는 소리!

"안선아, 오빠 방도 치워라."

내가 이 소리는 이해할 수 있다. 나도 오빠 방을 치워 줄 만큼의 착한 마음은 가지고 있다. 그런데 거기서 끝이 나면 좋겠는데 아빠와 오빠는 내가 여자란 사실을 내 머릿속 깊은 곳까지 각인시켜 버리고 싶은 모양이다.

"여자가 있으니까 깨끗이 치워 주겠지."

"안선아, 깨끗이 치워라. 이 오라버니 방인데."

오빠까지 거든다. 이럴 때면 꼭 치워야 하나 다시 한 번 생각해 보게 된다. 오빠와 아빠가 있는 곳을 힐끔 쳐다봤다. 너무 편안해 보인다. 그동안 내가 방을 치워 준 게 잘못된 것 같다. 그렇다고 아빠가 아무 일도 안 하시는 것은 아니다. 그리고 아빠가 시키는 일에 불만이 있는 것도 아니다. 다만 나는 여자가 어쩌고 저쩌고 하는 소리가 싫다. 그리고 아빠가 오빠한테 일을 하나 시키면 오빠는 굉장히 투덜거린다. 거기에 비하면 난 얌전한 고양이인데…….

오늘도 잠자리에 들기 전에 이런 생각을 한번 해 본다. 우리나라가 남아 선호 사상을 따르는 대신 여아 선호 사상을 따른다면 어떻게 될까 하고 말이다. 이렇게 즐거운 상상 속에서 오늘도 잠이 든다.

대구남중학교 교지 《두리》 제2호 (2003)

1 글쓴이는 아빠와 오빠에게 어떤 불만을 가지고 있나요?

2 아빠와 오빠의 행동에서 잘못된 점이 있다면 무엇인지 지적해 보세요.

친구들의 느낌은? ···

이 글을 읽고 정말 화가 났다. 내가 여자이기 때문인지 모르지만 어머니가 아프시면 가족
모두가 일을 나눠 해야지. 여자란 이유로 안선이만 일찍 일어나 일하는 것은 불공평하다.
한편으로는 부당한 대우가 분명한데도 한마디 말도 못하는 안선이가 바보같이 느껴지기도
한다. _이예지

안선이의 오빠와 아빠가 꼭 내 누나와 아빠 같다. 아빠는 고등학교에 들어간 누나가 기숙
사에서 가끔씩 집에 오면 내게만 일을 시킨다. 우리 집은 남아 선호 사상 대신 여아 선호
사상을 따르는 것 같다. 나도 기숙사가 있는 학교로 진학하면 귀한 대접을 받을 수 있을
까? _윤준혁

이상한 아이스크림 회사

안병수

지금으로부터 약 60년 전, 제2차 세계대전이 끝나고 우리나라가 일제 치하에서 해방되던 해. 미국 캘리포니아의 어느 작은 마을에서 한 젊은이가 아이스크림 가게를 열었다. 이듬해 그는 아이스크림 사업에 관심이 많고 사업 수완이 좋은, 동생뻘의 친척 한 사람을 설득하여 합류시켰다. 두 사람은 힘을 합쳐 신제품을 개발하며 점포 수를 늘려 나갔다. 그들의 사업 가도는 탄탄대로였으며, 해를 거듭할수록 사세는 확장되어 갔다. 창업한 지 10여 년 만에 그들은 미국 전역에 사업장을 갖게 되고, 제품 수도 수십 종에 달해 그들의 가게를 찾는 고객들은 한 달 동안 매일 다른 맛의 아이스크림을 즐길 수 있었다.

　그러나 이들의 사업을 누가 시샘이라도 한 것처럼 뜻하지 않은 불상사가 생겼다. 사업을 시작한 지 약 20년쯤 된 1967년, 창업자 가운데 한 사람이 세상을 떠나고 말았다. 숨진 사람은 나중에 합류했던 동생이었다. 그는 당시 54세, 아직 한창 일할 나이였다. 사인은 심장마비.

회사 일은 순풍에 돛 단 듯 번창해 갔건만, 왜 창업자 한 사람은 아직 젊은 나이에 불행한 일을 당해야 했을까. 하지만 알고 보면 그를 급습했던 심장마비는 어쩌면 예견된 일이었는지도 모른다. 숨진 그는 100킬로그램을 넘나드는 비만형 체구였기 때문이다. 그런데 문제는 나머지 한 사람의 창업자도 건강이 좋지 않다는 점이었다. 그 역시 비만과 싸워야 했으며 이미 당뇨 증상이 있었고, 고혈압 때문에 전전긍긍해야 했다.

직업이 문제였을까? 그들은 지난 20년간 엄청난 양의 아이스크림을 먹어 왔다. 신제품을 만들기 위해, 또 품질관리를 위해 먹기 싫어도 먹어야 했다. 그런데 생존해 있는 그 창업자에게는 건강 문제 외에 또 다른 고민거리가 있었다.

그에게는 외아들이 있었다. 그의 아들은 당시 나이 갓 스물의 청년이었다. 아직 애송이에 불과한 아들이 아버지의 사업을 비토*하기 시작한 것이다. 그의 아들은 평소 존경하며 따르던 아저씨가 심장마비로 불행하게 세상을 떠난 이유와 아버지가 이렇게 병치레를 하는 이유를 아이스크림에서 찾으려 했고, 따라서 아버지의 사업을 달갑지 않게 여기기 시작했다. 아버지로서는 당연히 하나밖에 없는 아들이 사업을 계승해 주기를 바랐다. 그러나 젊은 아들은 아버지의 뜻을 끝내 거역하고 가출해 버렸다.

---

* 비토 | 요구나 제의 따위를 받아들이지 않고 거부함. 어떤 사실에 대해 다른 의견을 적극적으로 표현함.

그때 회사는 이미 미국 최대의 아이스크림 재벌이 되어 있었지만 그 아들은 아버지의 성공적인 사업에 도무지 의미를 부여하지 않았다.

이 소설 같은 이야기는 실화다. 회사의 이름이나 로고만으로도 뭇 아이스크림 마니아들의 발걸음을 흡인하는, 세계 최대 아이스크림 체인의 '영욕*의 발자취'다. 창업자의 이름은 어브 로빈스, 일찍 숨진 그의 사업 파트너이자 동생은 버트 배스킨, 그리고 창업자의 아들은 지금 채식 운동가로 널리 알려져 있는 존 로빈스다.

이 회사의 이야기는 여기서 끝나지 않는다. 나는 지금부터 이 회사를 '이상한 아이스크림 회사'라고 부르려 한다. 내가 과문*한 탓일까. 그 회사는 당시 식품업계에 몸담고 있는 나의 판단 기준을 크게 흔들었으며, 단순한 흥밋거리로만 받아들이기에는 너무나 기이한 모습을 보여 줬기 때문이다.

먼저 아버지의 뜻을 거역하고 집을 나간 존 로빈스의 이야기부터 해 보자. 그는 세계적인 식품회사의 유일한 상속자로서 엄청난 부귀영화가 보장돼 있는 이른바 재벌 2세였다. 그러나 그는 모든 것을 포기하고 갓 결혼한 아내와 함께 브리티시 컬럼비아 해안의 작은 섬으로 들어갔다. 그곳에서 그는 1천 달러도 안 되는 돈으로 10년을 지내는 비상식적인 생활을 했다. 그것도 신혼 생활을……. 세계적인 갑부의 아들이 왜 그런 행동을 했을까. 정신이상자였을까, 아니면 젊은이의 단순한 반항 심리에서였을까.

이 모든 의문점은 그 후 그의 일관된 행동을 통해 이해할 수 있다. 알고 보면 그는 자신을 위해 어쩔 수 없이 그 길을 택한 것이었다. 10년간의 섬 생활은 그에게 고행의 시간이요, 자기 성찰의 시간이었다. 그는 그곳에서 철저한 채식주의 생활을 실천하면서 책을 한 권 저술했다. 1980년대 후반, 미국의 육가공업계에 큰 파문을 불러일으켰던 베스트셀러《육식, 건강을 망치고 세상을 망친다》가 그 책이다.

채식주의자이자 환경운동가이며 식품·건강 전도사인 젊은 로빈스는 더 이상 재벌 2세가 아니었다. 섬에서 나온 그는 미국 전역을 돌며 식생활과 관련한 건강 메시지를 전파했다. 인간·자연·식품의 숭고한 질서를 거역하는 모든 제품을 비판했고, 그것과 관련된 회사와 업자들을 고발했다. 물론 부친이 이끌고 있는 아이스크림 사업도 예외가 아니었다.

어느 날 강연장에서 한 참석자가 그에게 질문했다. "왜 부와 명예를 마다하고 부친의 슬하를 떠나셨나요?" 그는 거침없이 대답한다. "그때 만일 떠나지 않았다면 아마도 지금쯤 뚱뚱하기 이를 데 없는 제 모습을 보고 있을 겁니다. 지금 저는 행복하지만 거울 속에 비친 '뚱보'는 결코 행복할 수 없겠지요."

• 영욕 | 영예와 치욕을 아울러 이르는 말.
• 과문 | 보고 들은 것이 적음.

그렇다. 그는 부와 명예보다 건강과 행복을 택한 것이다.

계속해서 이 '이상한 아이스크림 회사' 이야기를 해 보자. 믿음 직한 사업 파트너와 사랑하는 아들이 곁을 떠난 창업자 어브 로빈스는 갈수록 건강이 악화되기 시작했다. 그의 콜레스테롤 수치는 위험 수준을 훨씬 넘어 300에 도달해 있었고, 악화된 당뇨 증세는 실명과 괴저°의 위험까지 예고하고 있었다.

그는 결국 채식주의자인 아들의 권고를 받아들여 식생활을 바꾸기 시작했다. 물론 아이스크림도 입에서 멀리했다. 그러자 놀라운 일이 일어났다. 건강이 회복되기 시작한 것이다. 전국의 명의는 다 찾아다녔고 좋다는 약은 다 먹었지만 좀처럼 좋아지지 않던 그의 건강이 아니었던가.

이제 그가 만든 회사에서 나오는 식품을 그와 그의 가족만은 먹지 않는 형국이 됐다. 그렇지만 이런 내부 사정에는 아랑곳없이 이 이상한 아이스크림 회사는 계속 번창하여 전 세계로 뻗어 나간다. 그가 건설한 아이스크림 왕국은 지구촌 수천 개의 체인 점에서 매년 천문학적인 규모의 매출을 올리며 부를 축적해 가고 있다. 내가 이 회사를 이상한 아이스크림 회사라고 부르는 이유는 다음 이야기에서 더욱 빛을 발한다.

글렌 배첼러는 미국 식품업계의 입지전적인 인물이다. 그는 창업자인 어브 로빈스가 은퇴하고 난 후, 한동안 이 회사의 회장으로 재직해 왔다. 그의 아내는 어느 사석에서 이렇게 말했다.

"저의 남편은 회사에선 어쩔 수 없이 아이스크림을 먹지만, 집에서는 결코 입에 대지 않아요. 저는 남편이 회사에서 아이스크림을 먹은 날은 금방 알 수 있죠. 그날은 잠잘 때면 늘 코를 골거든요."

배첼러 회장의 건강 역시 아이스크림의 공격을 받고 있었다. 그는 결국 주스 회사로 직장을 옮긴다.

이 일련의 이야기는 코미디를 방불케 한다. 하지만 틀림없는 실화다. 내 판단의 시야는 더욱 혼미해져 갔다. 이 얼마나 무서운 이야기인가.

《과자, 내 아이를 해치는 달콤한 유혹》(국일미디어, 2005)

• 괴저 | 혈액이 제대로 공급되지 않거나 세균에 감염되어 비교적 큰 덩어리의 조직이 죽는 현상.

1 아이스크림 회사 창업자의 아들이 편하게 생활할 수 있는 길을 버리고 다른 삶을 택한 까닭은 무엇인가요?

2 아이스크림처럼 맛있기 때문에 즐겨 먹지만 우리 몸에는 해로운 먹거리가 있는지 찾아보세요.

친구들의 느낌은? ....

나라면 건강이 좀 나빠지더라도 아이스크림 회사를 물려받아 재벌이 될 텐데, 어째서 이 아들은 재산이고 뭐고 다 포기하고 채식주의자, 환경운동가가 되어 아버지 회사를 비판하고 고발하는 것인가? _○○○

사람에게는 부와 명예보다 건강이 최고다. _류재경

땅 위의 직업

정호승

살아가기 힘들 때마다 문득 생각나는 사람이 있다. 그는 강원도 탄광 마을인 고한에 사는 한 평범한 광원으로 내가 잡지사 기자 시절에 단 한 번 취재를 위해 만났던 김장순이라는 사람이다. 그는 검은 탄가루나 버력˚들이 무더기로 쌓인 산중턱 어느 허름한 블록 집에 살고 있었는데, 까마득히 잊고 있다가도 살기 힘들 때마다 문득 그가 떠오르는 것은 그가 나에게 준 남다른 교훈 때문이다. 그는 나에게 땅 위에서 일하고 있다는 것이 얼마나 행복한 일인가 하는 것을 깨닫게 해 주었다.

김장순 씨는 경북 안동에서 농사를 짓다가 농협 빚을 갚지 못해 빚잔치˚를 하고 탄광촌으로 뛰어든 사람이다. 그는 우리나라 농부들의 전형적인 얼굴, 순박하고 순연한, 마치 봄날의 따스한 밭

˚ 버력 | 광석이나 석탄을 캘 때 나오는 광물 성분이 섞이지 않은 잡돌.
˚ 빚잔치 | 부도나 파산으로 빚을 갚을 수 없을 때, 돈을 받을 사람에게 남아 있는 재산을 내놓고 빚을 해결하는 일.

흙 같은 인상을 풍기는 사람으로, 나는 그가 일하고 있는 광업소 소장의 허락을 받아 지하 막장˚ 까지 그를 따라가 본 적이 있다.

먼저 탈의실에 들어가 작업복으로 갈아입고, 헤드램프가 달린 헬멧을 쓴 뒤 작업용 엘리베이터를 타고 지하 700미터 아래로 내려갔다. 그리고 그곳에서 다시 갱차를 타고 수평으로 1200미터까지 가서 다시 갱 속으로 천천히 걸어 들어갔다.

미로와 같은 갱 속은 춥고 어두웠다. 지하 사무실에서 막장으로 가는 지도를 보았으나 어디가 어딘지 도무지 알 수 없었다. 갱 양편으로는 탄가루가 섞인 검은 지하수가 급히 흘러갔다. 갱 바닥은 탄가루와 뒤범벅이 돼 장화 신은 발이 푹푹 빠졌다. 나는 오직 헬멧에 부착된 희미한 불빛만 의지하고 그의 뒤를 따라갔다.

그렇게 한 30여 분쯤 걸어갔을까. 더 이상 갱도˚ 가 없는 곳이 나타나고, 갱벽 한가운데를 비스듬히 위로 뚫은 새로운 갱도가 하나 나왔다. 두세 사람이 겨우 드나들 수 있을 만큼 좁은 갱 속을 제대로 고개도 들지 못하고 거의 기어가다시피 하면서 들어가자 그곳이 바로 지하 막장이었다.

광원들은 좌우로 버팀목을 세우며 안으로 안으로 파들어 가고 있었다. 김장순 씨가 한 번씩 곡괭이로 내리찍을 때마다 탄덩이가 떨어져 나왔고, 떨어져 쌓인 탄덩이는 경사진 배출구를 통해 갱도 밖으로 쏟아져 내려갔다.

나는 곡괭이질을 하는 김장순 씨를 지켜보면서 막장에 널브러져 있는 버팀목에 가만히 앉아 있었다.

막장 안은 지열 때문에 몹시 더웠다. 가만히 앉아 있기만 해도 땀이 흐르고 가슴이 답답했다. 아무도 없는 땅속 저 깊은 곳, 어딘지 모르는 한 지점에 작은 한 마리 벌레처럼 앉아 숨을 헐떡이고 있는 기분이었다.

"막장에서는 잠을 못 자게 합니더. 담배도 못 피우게 하지예. 그런데 어떤 때는 앉은 채로 깜빡 졸 때도 있습니더."

나는 곡괭이질을 하는 중간중간에 한마디씩 던지는 김장순 씨의 말이 제대로 들리지 않았다. 그를 취재한다는 일이 나로서는 너무나 건방지고 부끄러운 일이라는 생각부터 먼저 들었다.

김장순 씨가 막장을 나온 것은 점심시간이었다. 그는 다시 갱속 지하 사무실로 가 그곳에 보관해 둔 도시락을 꺼내 먹었다. 어둠 속에서 손도 씻지 않고 작업복도 입은 채였다.

"드이소. 우린 맨날 여기서 이렇게 점심을 먹습니더. 그래도 이때가 가장 기다려지는 시간 아닙니꺼."

그의 아내가 내 몫으로 싸 준 도시락을 건네주면서 허옇게 이빨을 드러내고 웃었다.

나는 그와 함께 도시락을 먹었다. 꽁보리밥이었다. 어릴 때 외갓집에 가서 먹어 본 이후 단 한 번도 먹어 본 적이 없는 꽁보리

• 막장 | 갱도의 막다른 곳.
• 갱도 | 광산의 갱 안에 뚫어 놓은 길. 사람이 드나들며, 광석이나 자재를 나르거나 바람을 통하게 하는 데 쓴다.

밥이었다. 밥은 껄끄러워 목으로 잘 넘어가지 않았다. 무엇보다도 탄가루와 함께 밥을 먹는다는 생각에, 밥을 먹는 것이 아니라 탄가루를 먹는다는 생각에 통 젓가락질을 하기가 싫었다.

그러나 김장순 씨는 그렇지 않았다. 반찬도 김치와 콩자반뿐인데도 진수성찬이 부럽지 않다는 듯 맛있게 먹었다. 나는 그가 너무 밥을 빨리 먹는다 싶어 이런저런 질문을 해 댔다. 그는 내가 묻는 말에 솔직하게 있는 그대로 대답을 해 주었다.

고향에 있던 막냇동생까지 고한에 불러들여 3년째 함께 일하고 있다는 이야기, 그 막냇동생 장가보낼 일이 걱정이며, 광원으로 일하면서 그래도 두 아들 녀석 학비가 안 들어서 좋다는 이야기, 그를 탄광촌으로 내몬 고향의 농협 빚은 이제 다 갚았으며, 한두 해만 더 일하면 어느 정도의 목돈을 마련할 수 있다는 이야기, 그렇게 되면 다시 고향에 돌아가 농사를 지으면서 젖소 몇 마리라도 키우고 싶다는 이야기 등은 어느 것 하나 내 마음을 아리게 하지 않는 것이 없었다.

그때 그의 이야기 중에서 가장 충격적이었던 이야기는 그의 소원에 관한 것이었다. 나는 이런저런 질문 끝에 소원이 있다면 무엇이냐고 물어보았다. 그러자 그가 이렇게 말했다.

"물론 그건 땅 위의 직업을 갖는 거지예. 땅 위에서 일하는 사람들은 자기들의 직업이 얼마나 좋은 것인지를 잘 모릅니다."

나는 몇 점 꽁보리밥을 입에 넣고 우물거리다가 그만 이 말을 듣고는 목이 꽉 메었다. 온몸에 전기가 통하듯 화들짝 놀랐다.

그때까지만 해도 나는 '땅 위의 직업' 갖기를 소원하고 있는 사람이 이 세상에 있다는 사실을 생각해 본 적이 없었다. 땅 위의 직업을 갖고 일을 한다는 것이 그 얼마나 행복한 일이라는 것을 미처 깨닫지 못하고 있던 나에게 그 말은 하나의 커다란 깨우침이었다.

그 이후로 나는 '땅 위의 직업을 갖고 싶다.'는 그의 말을 단 한 번도 잊어 본 적이 없다. 세상살이가 고달프고 힘들 때마다 그를 생각하고, 땅 위의 직업을 지니고 있는 것만으로도 나 자신이 그 얼마나 행복한 삶을 누리고 있는 것인가 하고 스스로 위안받는다.

《위안》 (열림원, 2003)

1 글쓴이가 광부로 일하는 김장순 씨를 취재하면서 얻은 교훈은 무엇인가요?

2 글쓴이는 사는 게 힘들 때마다 더 어려운 처지에서 살아가는 사람을 떠올리고 위안을 받습니다. 여러분에게도 위안을 주는 사람이 있는지 생각해 보세요.[6]

친구들의 느낌은? ....

안 좋은 상황에 처했을 때 '막장'이라는 말을 쓰는데 막장이 광산의 막다른 곳을 뜻한다는 것을 알게 되었다. 나도 가끔 '막장'이라는 말을 쓰는데, 광산에서 일하는 분들을 비아냥거리는 듯해 앞으로는 쓰지 말아야겠다고 느꼈다.   _손효진

김장순 씨는 일을 하고 점심시간에 손도 씻지 않고 작업복을 입은 그대로 밥을 먹는다. 그 모습이 비위생적으로 느껴지기는커녕 세상에서 가장 아름다운 모습으로 느껴진다.

_이동훈

내가 너를 호출하는 소리

이명랑

시장 사람들이 그를 '행주'라고 부를 때마다 나는 잔뜩 못마땅한 얼굴로 소리가 들려오는 쪽을 노려보곤 했다. 그럴 때의 나의 눈초리는 아마도 매섭기가 도끼날과 같았는지도 모르겠다. 정말 그랬다. 정신도 온전치 못한 사람을 두고 '행주'라고 놀려 대다니! 그 마음속에 동정심이라고는 손톱만큼도 갖고 있지 않은 사람들 같으니라고. 나는 반푼이인 그를 '행주'라고 부르는 시장 사람들의 그 비뚤어진 입을 정말이지 시퍼런 도끼날로 응징해 주고 싶었다(잘 알지도 못하는 주제에 응징이라니, 나는 얼마나 주제넘었던가!).

나중에 가서야 나는, 시장 사람들에게 '행주'라고 불리며 이 가게 저 가게에서 허드렛일을 도와주고 담뱃값이나 막걸리 값 정도를 벌어 가는 사람의 이름이 '행중'이라는 것을 알게 되었다. 그의 이름이 행중이기 때문에 사람들은 그저 아무 뜻도 없이 그를 '행주'라고 부르는 것뿐이었다.

사실 나는 이 '행주'란 사나이가 나이 사십이 다 되어서도 제

의사조차 제대로 표현하지 못하고 어버버버 하는 정신지체인, 반푼이라는 사실만을 염두에 두고 있었다. 그러다 보니 시장 사람들이 그를 '행주'라고 부를 때마다, '어떻게 모자란 사람을 '행주'라고 부를 수가 있는가? 당신들이 뭔데 저 사람을 그런 식으로 놀려 대는가?'라고만 생각했다.

시장 생활을 얼마간 하고 난 뒤에야 나는 오히려 잘못된 사람은 다름 아닌 나라는 것을 깨닫게 되었다. '행주' 말고도 우리 시장에는 양코니 개장사니 똥제비니 하는 별명들이 셀 수 없을 정도로 많다. 그렇다고 해서 이런 별명을 가진 사람들이 모두 '행주'처럼 모자란 사람들이냐 하면 그렇지 않다. 아랫기리들(종업원)에서부터 위탁상회 사장들이나 경매사들까지도 누구나 이런 별명을 하나씩을 가지고 있다. 서로 별명을 부름으로써 가게 주인이나 종업원 간의 또는 이웃 간의 격을 없애고 가족 같은 사이가 되는 것이었다.

'행주'는 자신의 식구들에게서조차 버림 받은 사람이다. 사람이 사람에게 버림 받았다는 것은 무엇을 의미하는 걸까? 나는 '행주'를 볼 때마다 문득문득 그런 생각을 한다. 물론 '행주'에게도 저녁마다 돌아갈 집이 있고 함께 밥상에 둘러앉는 식구들이 있다. 그러나 그 식탁 위에 '행주' 몫의 수저와 밥그릇은 있을지언정 진정한 그의 자리는 마련되어 있지 않다. 그의 식구들은 그를 '정신지체인', '반푼이'로만 대하기 때문이다.

반푼이인 그에게 그의 가족들은 아무 일거리도 주지 않는다.

그래서 그는 해야 할 일도, 하고 싶은 일도 없으며 성취감 같은 것은 느껴 보지도 못한다. 집에서의 그는 그저 눈만 껌벅거리는 식물인간이거나 살점 덩어리에 지나지 않는 것이다. 아무도 그를 필요로 하지 않고 아무도 그를 불러 주지 않기 때문이다.

그러나 시장에서의 '행주'는 더 이상 쓸모없는 살점 덩어리가 아니다. 갑자기 손님이 밀어닥치거나 용달 트럭에 황급히 짐을 실어야 할 때면 사람들은 어김없이 '행주'를 소리쳐 부른다. "행주!" 하고 그를 불러 주는 사람들의 목소리, 그를 필요로 하는 목소리가 들려오면 그는 입을 헤 벌리고 구석에 쪼그려 앉아 무료한 시간을 죽이고 있던 '반푼이'에서 깨어나 한 사람의 온전한 생활인으로 탈바꿈하는 것이다.

정신지체인이나 장애자들을 특별한 부류로 분류하고 기껏해야 동정하기만 할 뿐인 사람들로 이 세상은 가득 차 있다. 나도 그런 사람들 중의 하나였으니까 말이다. 아무런 편견 없이 말도 제대로 하지 못하고 침이나 질질 흘리는 반푼이에게도 별명을 붙여 주고 그를 가족으로 받아들이는 시장 사람들의 모습에서 나는 진정한 '사랑과 이해'가 무엇인지를 깨닫게 되었다.

지금도 어디에선가는 어두운 방구석에 쪼그려 앉아 "행주!" 하고 자신을 호출해 주기만을 기다리고 있는 사람들이 많이 있을 것이다. 그들이 조금만 더 용기를 내어 시장까지 걸어 나오기만 한다면 시장 사람들은 아무렇지도 않게 그의 등을 한 번 툭 치면서 이렇게 말할지도 모른다.

"방구석에만 처박혀 있으면 뭐 돈이 나와? 우리 가게 와서 수
박이나 좀 날라 줘." 하고, 아주 오래전부터 서로 알고 지내 온
사람들처럼 그의 손을 잡아끌 것이다.

세상 사람들이 지금보다 조금만 더 마음을 열어 '행주'와 같은
사람들의 이름을 불러 주기만 한다면 햇빛 한 번 받아 보지 못
하고 말라 가고 있을 수많은 꽃들을 빛이 있는 곳으로 불러낼 수
있지 않을까, 하고 문득 그런 생각을 해 본다.

《행복한 과일가게》 (샘터사, 2001)

1 글쓴이는 허드렛일을 도와주는 사람을 '행주'라 부르는 시장 사람들을 나무라다가 생각을 바꾸게 된 까닭은 무엇인가요?

2 몸과 마음이 불편한 이웃들을 어떻게 대하는 것이 진정으로 도와주는 것인지 말해 보세요.

친구들의 느낌은?

우리 사회에서는 장애인에 대한 시선이 좋지 못하다. 그들을 감싸 주는 이들이 있다 해도 글쓴이 말처럼 '장애인'으로 분류하고 동정하기만 할 뿐, 그들을 필요로 하지는 않는다. 일의 능률이 떨어진다고 차별하는 사람도 많다. 하지만 이 글에 나오는 시장 사람들은 정신 지체인 행주를 '우리와 다를 바 없는 사람'으로 보고 따뜻하게 대우해 준다. _김대은

'행주'는 더러운 것이라고 생각하기 쉽지만, 일상생활에서 꼭 필요한 존재이다. 이런 행주처럼 숨어서 빛을 발하는 아름다운 사람이 되고 싶어지게 하는 수필이어서 마음에 큰 여운을 남긴다. _이준서

고도원   매일 아침 200만여 명에게 이메일로 좋은 글을 보내는 '고도원의 아침편지(http://www.godowon.com)'의 주인장입니다.《꿈 너머 꿈》,《못생긴 나무가 산을 지킨다》등의 책을 썼습니다.

김범석   국립소록도병원에 자원해 한센병 환자들을 돌보았던 의사입니다. 질병과 편견 때문에 한 많은 삶을 산 한센병 환자들의 이야기를 묶어《천국의 하모니카》라는 책을 썼습니다.

김선우   소설도 잘 쓰는 시인입니다.《나는 춤이다》라는 장편소설을 썼고, 시집으로《내 혀가 입 속에 갇혀 있길 거부한다면》,《도화 아래 잠들다》,《내 몸 속에 잠든 이 누구신가》등이 있습니다.

김영석   부안중학교 1학년 때 〈실수〉를 썼습니다.

도종환   〈접시꽃 당신〉이라는 시로 유명한 시인입니다. 시집으로《접시꽃 당신》,《흔들리지 않고 피는 꽃이 어디 있으랴》,《사람의 마을에 꽃이 진다》등이 있습니다.

류영택   2008년에 등단한 수필가입니다. 수십 년 동안 미뤘던 일기 숙제를 하고 있다는 생각으로 생활 주변의 이야기들을 소재 삼아 열심히 삶의 일기를 쓰고 있습니다.

문경보   대광고등학교 국어 교사입니다.《흔들리며 피는 꽃》,《너는 나의 하늘이야》등 학생들을 가르친 경험을 담은 책을 썼습니다.

박경철   경상북도 안동에서 병원을 운영하는 의사입니다. 환자들을 치료하면서 겪은 일들을 엮은 책《시골의사의 아름다운 동행》등을 썼습니다.

176

박소현   대구 경운중학교 3학년 때 〈삼촌의 당당한 직업, 미용사〉를 썼습니다.

박이정   잡지사 기자, 출판사 편집장을 거쳐 지금은 프리랜서로 활동하고 있습니다. 작품집으로 《하늘을 나는 물고기》, 《마리모 이야기》 등이 있습니다.

성석제   '타고난 이야기꾼'이라는 평가를 받는 소설가입니다. 소설집으로 《그곳에는 어처구니들이 산다》, 《황만근은 이렇게 말했다》 등이 있습니다.

송미현   성주여자고등학교 2학년 때 〈할머니의 사랑〉을 썼습니다.

안병수   유명한 과자 회사에서 일하다가 그만두고 바른 먹을거리를 알리는 활동을 하고 있습니다. 《과자, 내 아이를 해치는 달콤한 유혹》이라는 책을 써서 과자의 위험성을 널리 알렸습니다.

안소영   민족 분단으로 고통을 겪은 이들의 삶을 기록하는 일을 해 왔고, 역사 속 인물들에게 생생한 숨결을 불어넣는 데 관심이 많습니다. 《책만 보는 바보》, 《다산의 아버님께》 등의 책을 썼습니다.

오유정   거창 혜성여자중학교 1학년 때 〈시험에 얽힌 미신〉을 썼습니다.

오한숙희   여성 문제에 관심이 많은 방송인이자 여성학자입니다. 《딸들에게 희망을》, 《아줌마 밥 먹구 가》 등의 책을 썼습니다.

이란주   1995년부터 '부천 외국인 노동자의 집'에서 외국인 노동자들의 고충을 나누며 살고 있는 따뜻한 마음씨의 인권운동가입니다.

이명랑   시인으로 등단했다가 소설가로 활동하고 있습니다. 《나의 이복형제들》, 《삼오식당》 등의 장편소설을 썼고, 산문집으로 《행복한 과일가게》, 《복숭아 향기》 등이 있습니다.

이안선   대구남중학교 1학년 때 〈하루 동안〉을 썼습니다.

임요환   '테란의 황제', '꽃미남' 등 휘황찬란한 별명을 달고 다니는 프로게이머입니다. 고등학교 3학년 때 친구 집에 공부하러 갔다가 우연히 알게 된 스타크래프트에 빠져 게임을 직업으로 삼아 살고 있습니다.

장영희   서강대학교 영문학과 교수, 수필가, 칼럼니스트로 왕성한 활동을 하다가 2009년 5월에 암으로 별세했습니다. 《내 생애 단 한 번》 등의 수필집으로 삶에 대한 진지함과 긍정적인 태도를 보여 주었습니다.

전성태   단편소설 〈닭몰이〉로 등단한 소설가입니다. 소설집으로 《매향》, 《국경을 넘는 일》 등이 있습니다.

정다영   강릉여고를 다니던 중 이슬람 국가들을 여행한 뒤 《다영이의 이슬람 여행》이라는 여행기를 썼습니다.

정승민   관음중학교 1학년 때 〈옆집은 공부벌레, 엄마는 잔소리벌레〉를 썼습니다.

정호승   〈슬픔이 기쁨에게〉, 〈맹인 부부 가수〉, 〈서울의 예수〉 등의 시를 통해 우리 사회의 그늘을 따뜻한 시각으로 들여다본 시인입니다. 시집으로 《외로우니까 사람이다》, 《내가 사랑하는 사람》, 《포옹》 등이 있습니다.

정희정   신당중학교 1학년 때 〈자랑스런 우리 할머니〉를 썼습니다.

조정욱   《그림이 내게 말을 걸어왔다》, 《꿈에 본 복숭아꽃 비바람에 떨어져》

등 동양 미술과 조선 시대 회화사를 다룬 책을 쓴 미술사학자입니다.

한비야 국제 구호 활동가로 세계 곳곳을 여행한 경험을 담아《바람의 딸, 걸어서 지구 세 바퀴 반》,《바람의 딸, 우리 땅에 서다》,《한비야의 중국견문록》등을 썼습니다.

국어시간에 생활글읽기 1

1판 1쇄 발행일 2009년 4월 30일
개정판 1쇄 발행일 2012년 4월 9일
2판 1쇄 발행일 2020년 3월 9일
2판 4쇄 발행일 2023년 2월 20일

엮은이 전국국어교사모임

발행인 김학원
발행처 (주)휴머니스트출판그룹
출판등록 제313-2007-000007호(2007년 1월 5일)
주소 (03991) 서울시 마포구 동교로23길 76(연남동)
전화 02-335-4422 **팩스** 02-334-3427
저자·독자 서비스 humanist@humanistbooks.com
홈페이지 www.humanistbooks.com
유튜브 youtube.com/user/humanistma **포스트** post.naver.com/hmcv
페이스북 facebook.com/hmcv2001 **인스타그램** @humanist_insta

편집책임 문성환 **편집** 윤무재 **디자인** 김태형 김수연
용지 화인페이퍼 **인쇄** 청아디앤피 **제본** 민성사

ⓒ 전국국어교사모임, 2020

ISBN 979-11-6080-346-4 44810
    979-11-6080-345-7 (세트)

• 이 책은 저작권법에 따라 보호받는 저작물이므로 무단 전재와 무단 복제를 금합니다.
• 이 책의 전부 또는 일부를 이용하려면 반드시 저자와 (주)휴머니스트출판그룹의 동의를 받아야 합니다.